古典文藝研究輯刊

二八編

第 18 冊

中國美學縱橫新論
（第五冊）

周錫山 著

國家圖書館出版品預行編目資料

中國美學縱橫新論（第五冊）／周錫山 著 -- 初版 -- 新北市：
花木蘭文化事業有限公司，2023〔民 112〕
目 4+176 曲；19×26 公分
（古典文學研究輯刊 二八編；第 18 冊）
ISBN 978-626-344-462-1（精裝）
1.CST：中國美學史 2.CST：中國文學 3.CST：文學評論
820.8   112010498

ISBN-978-626-344-462-1

9 786263 444621

古典文學研究輯刊
二八編　第十八冊　　　　　　　　ISBN：978-626-344-462-1

中國美學縱橫新論（第五冊）

作　　　者　周錫山
總 編 輯　杜潔祥
副總編輯　楊嘉樂
編輯主任　許郁翎
編　　　輯　張雅淋、潘玟靜　美術編輯　陳逸婷
出　　　版　花木蘭文化事業有限公司
發 行 人　高小娟
聯絡地址　235 新北市中和區中安街七二號十三樓
　　　　　　電話：02-2923-1455／傳真：02-2923-1452
網　　　址　http://www.huamulan.tw 信箱 service@huamulans.com
印　　　刷　普羅文化出版廣告事業
初　　　版　2023 年 9 月
定　　　價　二八編 18 冊（精裝）新台幣 47,000 元　　　版權所有·請勿翻印

中國美學縱橫新論
（第五冊）

周錫山 著

徐中玉的文藝理論研究方法述論

　　徐中玉作為一代文藝理論研究大家，取得眾多首創性成就。而其文藝理論的成功研究方法，是其取得高度成就的重要基礎。徐中玉在改革開放初期和前期，使用的文藝理論研究方法，對近四十年改開時期興起的文藝理論和美學發展高潮，起了示範和推動作用。我國改開以來 40 年的文藝理論研究和美學發展的風雨歷程，經歷了老三論、新三論等曇花一現的方法論熱潮，也經歷了持久不息地頂禮膜拜西方研究方法的模仿思潮。他批評「過去幾十年來，我們的文學理論研究不是照搬西方，就是向蘇聯那種教條主義空論靠攏，只知盲從，引經據典，脫離實際，脫離藝術文學本身，又對本國古代文論缺乏研究」〔註1〕。此外，不少人想以「先進」的方法討巧、出新。而徐中玉以傳統文化和紮實讀書為基礎、以資料匯合與整理結合併以完整資料推進全面深入探索、以探索理論與現實問題和結合現代研究手段的研究方法，需要多年甚至幾十年的艱苦積累，才能有所收穫。徐中玉的研究及其主張和實行的研究方法，低調推行、波瀾不驚，甚至大匠無形，因不做任何宣傳和「推廣」，其眾多成果和成功的研究方法甚至不為人知。但經歷最近 20～30 年的文藝理論和美學發展，卻日顯其長久持續的生命力，對後學有持久而巨大的啟示作用。關於其巨大的研究成果和極高成就，筆者已有《徐中玉教授的古代文學和古代文論研究》〔註 2〕和《論徐中玉文藝理論研究的治學風格和首創性成

〔註 1〕 徐中玉《讀書隨筆三則》，《文藝理論研究》，2001 年第 3 期。
〔註 2〕 周錫山《徐中玉教授的古代文學和古代文論研究》，見華東師範大學中文系編
　　　　《慶祝徐中玉教授九十華誕文集》，華東師範大學出版社，2003 年版。

就》〔註3〕兩文論述，今於其倡導和實踐的研究方法略作論述，以紀念這位理論大家。

徐中玉的文藝理論研究方法，可以歸納為以下七個。

一、窮盡性閱讀和收集資料的方法

在改革開放之前的近50年的漫長歲月中，徐中玉系統並鍥而不捨地閱讀了中國古今文學經典和名作、中國古今文論的經典和名作，通讀大量西方文學和美學名著，「很重視搜集之功，也不辭抄撮之勞」〔註4〕，以卡片形式手抄筆寫的材料文藝理論資料和文學研究資料約有二、三千萬字之多，另有大量的剪報等資料，且在此後的20多年中仍有新的積累。

徐中玉與同樣以收集和積累資料著名的郭紹虞不同，郭紹虞專收古代文論著作的資料，專門從事古代文學考證尤其文學批評史的研究。在古代文論領域，徐中玉也更為全面和深入，他不僅收集古代文論書文的資料，還用卡片形式從先秦諸子和歷代詩文集、筆記等浩瀚的著作中摘抄零碎的古代文藝理論資料，做的是窮盡性的收集工作。而且，徐中玉在1940～1950年代主要研究當代文藝理論和魯迅，他也收集大量與此有關的資料。總之，其極其紮實的文獻基礎工夫，罕有倫比，其所抄錄的篇幅達到二、三千萬字的資料卡片，是一個極為豐富的寶藏。

改革開放以後，徐中玉申報國家六五社科規劃重點項目「中國古代文藝理論研究」，帶領首屆5位研究生參與。在經過第一學年的講課、講座和學習、討論之後，第二年開始，徐中玉安排5個學生分工閱讀先秦到清末文學的全部名家名作，以卡片形式抄錄其中全部文藝理論資料，分類編排。他規定這批學生在學期間，不要寫論文，專心做卡片。他說，你們完成全部任務後，將你們抄錄的全部卡片，和我抄錄的卡片（幾十年中抄錄的二三千萬字的卡片中有關文藝理論的部分），兩相對照，補漏填缺，形成完整的資料。

現在因科技手段進步，在電腦中檢索方便，有時還可用複製黏貼方法，不必辛苦地手抄。但是茫然無緒的海量資料，也必須摘錄成分別的文檔，在電腦裏分門別類地放在眾多文件夾內，研究時才能得心應手地引用或使用。抄錄的

〔註3〕周錫山《論徐中玉文藝理論研究的治學風格和首創性成就》，《文藝理論研究》，
　　　 2019年第3期。

〔註4〕徐中玉《我怎麼會搞起文藝理論研究來的》，徐中玉《激流中探索的——徐中
　　　 玉論文自選集》，華東師範大學出版社，1994年版，第505頁。

工具雖然不同，辛勞程度也很不同，而必須紮實完成豐厚資料的積累方法，是相同的。

二、分類輯編和彙編資料的研究方法

筆者是徐中玉先生的首屆五名古代文論研究生之一。筆者當時負責閱讀道家《老子》《莊子》，中經柳宗元、嚴羽、王士禎直到王國維的著作，抄錄其全部重要觀點。我們畢業前夕完成全部卡片的抄錄，經過細化整理，直到我們畢業數年之後，徐中玉先生組織學生按照問題分類，按照論點安排，每一個問題均按時代順序排列，可見其明晰的發展軌跡和時代變遷，以此匯總、編纂《中國古代文藝理論專題資料》〔註5〕。共梳理了本原、情志、教化、意境、典型等十五個問題，和大量的論點。後來其他人也有多種的資料彙編本，但是嚴格按照問題並從中提煉論點的精細編排方式，和豐富的篇幅，則無人能出其右。

筆者親炙中玉師的教誨，學習和繼承他的這個方法，以多年的準備和積累，編著《西廂記注釋匯評》（3卷147萬字）〔註6〕和《牡丹亭注釋匯評》（3卷198萬字）〔註7〕，將元明清和近代所有的有關評論、批語盡力搜羅殆盡，彙集在一起，在此基礎上撰寫專著和論文。正因研讀了前人的全部評論和批語，就可突破今人大量專著、論文的研究成果，從原著的文本重新出發，另闢蹊徑地深入全面研究，獲得新的視角、新的觀點。

筆者學習和繼承的是徐中玉的思維方法和創造原則，並以此指導操作方法，並不是原樣照搬。筆者的資料彙編成果，是圍繞一部經典著作的評論和批語，編纂成書，既作為自己的研究基礎，也提供給學術界完整的資料。在編纂匯評的同時，自己的研究專著也編入書中，供學術界參考。

三、以古近代美學的重要觀點，進行全面深入闡發的方法

文藝理論和美學研究者的一個重要工作，就是闡發古人和前人名著的重要觀點。20世紀20年代起始，西方文藝理論和美學在中國一統天下，所以論述的都是西方的觀點，中國古代文藝理論和美學極少有人注意和運用。

〔註5〕徐中玉主編、陳謙豫副主編《中國古代文藝理論專題資料》，中國社會科學出版社，1990年。

〔註6〕周錫山《西廂記注釋匯評》（3冊147萬字），上海人民出版社，2013、2014年。

〔註7〕周錫山《牡丹亭注釋匯評》（3冊198萬字），上海人民出版社，2017年。

　　徐先生在 80 年代指出：「中國古代文學理論是一個極為豐富的寶庫，它對全人類文化有著重要貢獻，這是海內外學者都越來越公認的事實。」但當前依舊「不能從多方面、多層次、多角度既微觀地來分析發展它們豐富的意義和價值，又不能綜合地系統地、宏觀地來揭示它們在整個學術領域、民族文化構成中的精義與地位，所以它的影響還是不夠深廣的，它對繁榮當前文學創作發展理論研究的積極作用還遠遠沒有得到發揮。」〔註8〕而「研究古代文論，的確能使我們瞭解到前人很多有深刻意義的藝術思想，這對吸收前人優良經驗，摸索藝術規律，提高今天文藝創作的藝術水平，都有重要作用。」〔註9〕清晰指出了古代文論對當今的文藝創作實踐可起的指導和促進作用。徐先生在這個基礎上，指出應以清代葉燮提出的重視「端緒」，著意「引申」的方法〔註10〕，具體論述古代文藝理論和美學的重要觀點，給讀者、學者和作家以重大啟發〔註11〕。

　　例如，《「入門須正，立志須高」——我國傳統的藝術創作經驗之一》以嚴羽的一句名言為論題，以《水滸傳》中王教頭如何重新點撥史進練武為例證，指出：為避免走彎路，必須「學慎始習」，遵循嚴羽提出的「入門須正」、「立志須高」的忠告和總結的傳統創作經驗。如果開端不好，就必須「捐棄故伎，更受要道」，必須從新、從頭打好理論的基礎，用前人行之有效的經驗結晶去充實頭腦。而且「學藝一定要有個明確的目的，一定要追求實效」。而改弦異轍的根本途徑——移情，即移易感情，轉變精神，成為一個具有「精神寂寞，精之專一」〔註12〕，非常高尚、清醒、堅強的，具有遠大的目標、高尚的情操的人。

　　這個論題從學錯技藝、學錯方法必須重新開始從頭學習的重要性、必要性，重新學習的途徑和重點，最後提高到正確學習技能必須具備的精神境界，完整深入地闡發了這個論題。

〔註 8〕　徐中玉《略談古代文論在當代文藝研究中的地位與作用》，徐中玉《激流中探索的——徐中玉論文自選集》，華東師範大學出版社，1994 年，第 375 頁。

〔註 9〕　徐中玉《論「辭達」——古代文論中的性情描寫說》，徐中玉《古代文藝創作論集》，中國社會科學出版社，1985 年，第 245 頁。

〔註 10〕　徐中玉《重視「端緒」，著意「引申」——當前研究古代文論者的責任》，徐中玉《激流中探索的——徐中玉論文自選集》，華東師範大學出版社，1994 年，第 294 頁。

〔註 11〕　徐中玉《重視「端緒」，著意「引申」——當前研究古代文論者的責任》。

〔註 12〕　徐中玉《「入門須正，立志須高」——我國傳統的藝術創作經驗之一》，查正賢編《徐中玉文集》第 3 卷，華東師範大學出版社，2013 年，第 678 頁。

四、開掘整理古代大家名家的文藝理論觀點，做現代闡釋和發展的方法

徐中玉先生認為，一個學者的學力和精力有限，文藝理論和美學研究以專題切入較好。至於通史、總論一類大書，只有在學術界大量專題研究成績的基礎上，利用集體創造的豐碩成果，才寫得好。所以他從來不寫篇幅浩繁但即使是集體撰寫也極易落入材料堆積、泛泛而談、顧此失彼、罕有深見和新見的大部史著，而是選定一些側面、某個世代，流派，甚至一家一書或一個觀點進行研究，認為這樣做，比較可以周密、深入一些，或能有點貢獻。所以他把研究目標逐漸縮小，最後定為古代文藝家的創作經驗。

這個主張難度是很高的。徐先生本人對這個高難度的主張身體力行，他選擇了幾個重要觀點，除了上已引及的南宋嚴羽的重要觀點「入門須正，立志須高」，他寫過《論「辭達」》《文章必須放蕩——發揚我國指導青年創作「必須放」的優良傳統》《古代文論中的「出入」說》等多篇論文，論述了先秦孔子「辭達」、南朝梁代蕭綱的「文章必須放蕩」、近代王國維「出入」說等眾多重要觀點，做了精當闡發和引申。

在古代文藝理論和美學大家名家中，則選擇蘇軾一家做重點研究，撰寫了專著《論蘇軾的創作經驗》。全書從蘇軾的全部著作中，全面精細和深層次地開掘蘇軾創作和論說中的理論性闡述，採集其大量的言論和觀點以及例證，並將這些素材梳理和歸納為十個方面：「言必中當世之過」、「隨物賦形」、「文理自然，姿態橫生」、「妙算毫釐得天契」、「胸有成竹」、「技道兩進」、「自是一家」、「品目高下，付之眾口」、如何作文、「八面受敵」的讀書法；每一個方面列為一章，每章再分為 3～5 節，如《文理自然，姿態橫生》分為「要『清新』，不要『務新』」、「迂怪艱僻，不足為訓」、「文理自然，姿態橫生」和「美好出艱難」4 節；另如眾所熟知的「胸有成竹」，本書此章又用「意在筆先」、「形似、神似與常理的統一」、「其身與竹化，無窮出清新」、「心手不相應，不學之過也」和「後人對『胸有成竹『的議論」5 節，反覆論證，全面闡發這個創作規律。內容豐富，分析精細，精彩紛呈，全面論述了一代大家蘇軾的創作思想〔註13〕。

此書的十章，每一章題旨明晰，論述完整，都是一個獨立的單元，因此徐先生每成　篇，即以論文的形式先期發表，以及時徵求學術界的意見；待全部寫完，又構成了一個有機的整體，作為專著發表。

〔註13〕徐中玉《論蘇軾的創作經驗》，華東師範大學出版社，1981 年版。

五、歸納整理和研究中國古代文藝理論和美學學說的研究方法

一個成熟的文藝理論和美學研究家，在研究和闡發重要觀點之後，便發展到研究某一名家，更進一步則將眾多名家的重要觀點加以融匯貫通，通述一個美學理論。

徐中玉先生十分重視對古代文論中重要理論和研究方法及其所揭示的創作方法的全面深入的總結和闡發。《論「辭達」》、《古代文論中的「出入」說》、《中國文藝理論中的形象和形象思維問題》等重要論文，都體現了「重視『端緒』，著意『引申』」的紮實的治學風格和靈動的思維方式，對古代文論中前人雖開其端，而尚未及深入闡發或總結的幾個重要理論，作了全面深入的探討、闡發和大幅度推進，建立完整的美學學說。

他對我們首屆研究生說過：在古代文論研究領域，復旦大學中文系著重做「史」，即撰寫《中國文學批評史》；而我們著重做「論」。做論的第一步是收集和整理完整的資料，然後在這個基礎上，將古代文藝理論的重要學說撰寫專著，如滋味說研究、神韻說研究等。我們畢業後，在 1980 年代上半期，將我們第一、第二屆研究生，他帶研究生的副導師陳謙豫和齊森華，以及一些中年教師如陶型傳等，集合在一起，開會討論，準備落實這個寫論的計劃，還請我們每一個人寫下自己願意承擔的任務。我填寫的是神韻說和意境說。後因種種困難，徐先生擱置了這個計劃。

六、跨學科的研究方法

徐先生認為古代文論的研究應該更進一步，應該把文論研究同哲學的、史學的研究，心理學、經濟學、宗教學等學科研究的聯繫逐步密切起來，視野也比較寬廣。對於各種文化思潮、流派觀點和各種不同風格的作品，都要吸收其合理的符合科學規律的東西，因為文化要發展，恐怕就得來一個「兼收並蓄」、「集大成」〔註14〕。的重大作用，已開風氣之先，顯得難能而可貴。

徐先生給我們上課時，教育我們重視跨學科的研究方法。徐先生的論著實踐了這個方法。例如其專著《論蘇軾的創作經驗》中「隨物賦形」和「妙算毫釐得天契」兩章，分述蘇軾關於「美亦可以數取」、「有數存焉期間」、「美可以數取，不能求精於數外」等觀點，精彩論述文學、藝術與數學相結合的美學

〔註14〕徐中玉《關於古代文論研究的一些問題》，徐中玉《激流中探索的──徐中玉論文自選集》，第 374 頁。

觀。這兩章以蘇軾的多則論述為中心，結合《莊子》、《孟子》、《呂氏春秋》、《文心雕龍》、《樂書要錄》等要藉的重要觀點，精要論述術數、數學與文藝創作和美學的關係及其所能起到的重大作用〔註15〕，為後來「中國古代文學的重數傳統和數理美」以及「中國古代文學的數理批評」等論著，起了啟發和引導作用。

他評價他的第四屆研究生張建永《藝術思維哲學》，即讚賞此書是一個「需要閱讀思考跨時空、跨學科許多相關要籍才能有所深入的工程」〔註16〕。

七、古今中外三方面理論資源結合的建立現代理論體系的方法

徐中玉先生於 1980 年首創性地提出了古今中外的三方面的理論資源結合的建立現代理論體系的方法。「研究文藝理論要把古代的、現代的、外國的三個方面溝通起來」，古為今用，建立以古代文論、西方文論和馬克思主義文論結合的有中國特色的社會主義文藝理論體系〔註17〕。

徐先生在這方面也做出了自己的表率。如以《古代文論中的「出入」說》這篇宏文為例，徐先生以王國維的論述為核心，旁徵博引古今中外桓譚、陸機、謝赫、劉勰、杜甫、韓愈、元稹、歐陽修、蘇軾、黃庭堅、陳善、文天祥、呂坤、何坦、王嗣奭、王夫子、曹雪芹、張式、周濟、汪婉、鄭燮、趙翼、章學誠、龔自珍、魯迅、周恩來和遍照金剛、狄德羅、果戈理、屠格捏夫等 30位名家的近 40 條有關論述，總結「入乎其內，故能寫之，故有生氣」、「出乎其外，故能觀之，故有高致」、「能事不受相迫促」的出入結合的寫作規律〔註18〕。此文是古今中外和古代文論、西方文論（狄德羅、果戈里、屠格涅夫）、日本文論（遍照金剛）、馬克思主義文論（魯迅和周恩來）結合的典範。

囿於時代的侷限，中國當代未能建立像黑格爾、王國維這樣的名家的文藝理論和美學體系，徐中玉先生於 1980 年 3 月全國高校古代文論實訓班開學講座上提出的「以古代文論、西方文論和馬克思主義文論結合的」方法，建立有中國特色的社會主義文藝理論體系的理想，具有很大的指導意義。

〔註15〕 徐中玉《論蘇軾的創作經驗》，華東師範大學出版社，1981 年版。
〔註16〕 徐中玉《讀書隨筆二則》，《文藝理論研究》，2001 年第 3 期。
〔註17〕 徐中玉《關於古代文論研究的一些問題》，徐中玉《激流中探索的──徐中玉論文自選集》，第 356～357 頁。
〔註18〕 徐中玉《古代文論中的「出入」說》，徐中玉著、查正賢編《徐中玉文集》第 3 卷，華東師範大學出版社，2013 年，第 799～837 頁。

　　徐先生關於古代文論的總論性的研究成果和名家研究的論著都是我國進入改革開放新時期在中國古代文學、文論領域第一批取得領先性的理論研究成果，其所提倡和使用的研究方法，也是我國改革開放時期文藝理論研究的第一批成果。在我們已經進入新世紀 20 年的今天來看，其傑出成果和研究方法仍有很大的啟發或指導意義，其中不少觀點、論說與其研究方法都已成為學界的共識或為多位學者一再呼籲的理論主張。

「上海高校高峰高原學科建設計劃」資助項目，

原刊《河北師範大學學報》，2019 年第 5 期

徐中玉指導文藝評論寫作的
具體方法和學習體會

　　徐中玉師 6 月 25 日凌晨以 105 歲高齡仙逝，我不勝悲痛！我是他的首屆研究生的班長。從 1979 年至今，有著 40 年的師生情誼。恩師、大師逝去，最好的紀念是繼承和弘揚他的學術。今特撰此文，介紹中玉師指導我們文藝評論寫作的具體方法和學習體會，以供青年學子和讀者、學者參考。

一、「入門須正，立志須高」

　　我們首屆研究生跟隨徐中玉先生學的是中國古代文藝理論專業。徐中玉先生第一學期除了大致談了學習中國古代文論的重大意義，向我們介紹中國古代文論最重要的經典名家和經典名著的情況；他告訴我們：陸機《文賦》、鍾嶸《詩品》、劉勰《文心雕龍》、司空圖《二十四詩品》、嚴羽《滄浪詩話》、葉燮《原詩》、劉熙載《藝概》、王國維《人間詞話》等九種，是最重要的經典著作。

　　他在這一學期重點講解了陸機《文賦》、劉勰《文心雕龍》、嚴羽《滄浪詩話》、葉燮《原詩》和劉熙載《藝概》等經典名家的經典名著。

　　這就意味著，學習中國古代文論和美學，首先要重點學習這九家。這就做到了「入門須正」。取法乎上，才能學到真本領。如果一開始就學習二三流的著作，收益不大，就浪費了時間和精力。

　　「入門須正，立志須高」是嚴羽《滄浪詩話》中的名言。後來中玉師將給我們講課的內容，整理後發表《「入門須正，立志須高」——我國傳統的藝術

創作經驗之一》一文，以《水滸傳》中王教頭如何從新點撥史進為例，說明學習必須入門正確，開端要好，才不會走彎路；如果開端不好，就必須重新、從頭打好基礎，用前人行之有效的經驗結晶去充實頭腦。

老一輩學者的成功經驗告訴我們，要成為一名成熟的甚至是有傑出成就的學者，應該認真、刻苦學習一個經典名家的全部著作，以此作為自己的學術根底。如果學習兩家更好。像王國維學習西方美學，精通康德、叔本華兩家。筆者選擇中國文藝理論和美學的三大高峰之中的金聖歎、王國維兩家，認真反覆學習，作為自己的學術根底，獲益匪淺。

不僅是古代文論研究者，從事文藝評論的學者都必須首先學好中國古代文論。這不僅是中國的學者首先應該學習中國的文藝理論經典作為自己最重要的學術根底，而且中國古代文藝理論和美學取得了高於西方的偉大成就。我在上海戲劇學院給研究生講課和香港城市大學中文系給研究生做中國古典美學講座時都強調，在文藝理論和美學領域，儒（孔孟）、道（老莊）、劉勰（《文心雕龍》）、金聖歎、王國維是中國文學批評史、美學史最重要的五大家，從揭示宇宙和人生的本質與規律、塑造和改造人的靈魂、宏觀與具體結合地總結和指導創作與鑒賞實踐這三個角度看，這五大家的成就遠超過西方柏拉圖、亞里士多德、康德、黑格爾、叔本華五大家。

當然我們也必須認真學習西方文藝理論和美學著作，吸收其精華，作為中國文藝理論和美學學習的補充。

二、「重視搜集之功，不辭抄撮之勞」

我們做文藝評論工作，首先要學好文藝和美學理論，學好文學批評史和美學史，精通一兩家經典學說，閱讀和學習古今中外的文學經典和名著，觀看和研究大量優秀戲劇和電影等。有此基礎，撰寫文藝評論就能視野開闊、旁徵博引、參照比較，能夠站在中國和世界文學史、藝術史和美學史的高度觀察、評論作品；並在撰寫多篇評論文章、研究論文之後，撰寫評論或理論專著。這就是「立志須高」。否則只能寫作碎片化的、零星的評論和文章。

這就需要我們做好文藝評論寫作的準備工作，也即我們在讀書、觀劇時，要善於收集和整理資料。徐中玉先生教育我們，可以用抄錄卡片的形式積累資料。他還具體教我們如何做卡片。卡片的內容是抄錄重要的觀點，在卡片的上端寫標題：作者、論題、觀點的提示。然後可以按照標題歸類，便於尋找和使用。

現在因科技手段進步，在電腦中檢索非常方便，在電腦中用文檔做卡片；有時還可用複製黏貼方法，不必辛苦地手抄。但是茫然無緒的海量資料，也必須摘錄成分別的文檔，在電腦裏分門別類地放在眾多文件夾內，研究時才能得心應手地引用或使用。

我們在研究生學習第二學年開始，徐中玉先生安排我們 5 個學生分工閱讀先秦到清末文學和文藝理論的全部名家名作，以卡片形式抄錄其中全部文藝理論資料，分類編排，形成完整的資料；然後按照問題分類，按照論點安排，每一個問題均按時代順序排列，可見其明晰的發展軌跡，以此匯總、編纂《中國古代文藝理論專題資料》〔註1〕。

我受此啟發，在研究生學習的第三學年，就將收集、整理資料與出版著作相結合。我重點研究和評論金聖歎、王國維兩家，他們的著作當時只有線裝書，沒有分段和標點，借閱和閱讀困難。我既然要認真閱讀，就彙編和校點《金聖歎全集》（1985 年香港「中國書展」重點書、1987 年榮獲全國首屆〔1978～1987〕優秀古籍圖書二等獎）和《王國維文學美學論著集》。進入 21 世紀後，又編著《金聖歎全集》增訂釋評本、《第五才子書水滸傳》釋評本、《第六才子書西廂記彙編釋評》《人間詞話彙編匯校匯評》《宋元戲曲史彙編釋評》《王國維集》，魯迅《中國小說史略彙編釋評》等書，既供自己學習和運用，也提供給學術界和讀書界，受到歡迎和好評。

三、「文章必須放蕩」，大膽獨立撰文

一個專業的評論家，必須發表正規的評論和論文，出版專著。徐先生用「文章必須放蕩」這個觀點教導我們大膽、獨立寫作。後來他將講稿整理成文發表，題目是《文章必須放蕩——發揚我國指導青年創作「必須放」的優良傳統》。中玉師以南朝梁代簡文帝蕭綱給他兒子的信中名言「立身先須謹慎（一作『重』），文章且須放蕩」立論，指出青年撰文必須「放蕩」，不受陳規舊矩的束縛，「吐言天拔，出於自然」（亦為蕭綱語）。又進而總結古代名家的闡發，指出：在「放蕩」的前提下，初欲奔馳，久當守節，即「少小尚奇偉」，波瀾壯闊，即使有點狂想，「志欲圖霸王」（韓愈語）也是好的，充分馳騁自己的才縱橫、意縱橫、氣縱橫；只有在青年時代全在「勇往」的基礎上，追求變，在能變之後，

〔註 1〕 《中國古代文藝理論專題資料》，中國社會科學出版社，1990 年代分冊出版，2013 年出版 16 開精裝 4 卷本。

漸趨平淡，才是自然的趨向，也即如蘇東坡所說的：「凡文字，少小時須令氣象崢嶸，彩色絢爛，漸老漸熟乃造平淡；其實不是平淡，絢爛之極也。」

總之青年時代，撰文要有銳氣。我的畢業論文，中玉師建議寫王漁洋的神韻說。在當時來說，這是一個很難的題目，因為神韻說虛無縹緲，難以理解、把握和解說，而且郭紹虞《中國文學批評史》對之抱否定態度。在我之前，從1950年代到1980年代初，全國只發表過2篇論述王漁洋及其神韻說文章，也都予以徹底否定。錢鍾書《談藝錄》中論及王漁洋的詩歌和詩論，也是基本否定的。我是只認死理、不認名人的書呆子，我的學位論文《論王士禎的詩論和神韻說》〔註2〕一反成說，不僅對王漁洋及其神韻說評價很高，還點名批評了郭紹虞（1893〜1984）權威著作中批評王漁洋的一個硬傷和錢鍾書的一個錯誤觀點。初出茅廬就批評大家名家，這是文章「放蕩」的一種表現吧。中玉師閱後，對此不改一字。徐先生不怕得罪老朋友郭紹虞，讓學生獨立發表觀點，弘揚了創作自由的精神，是非常難能可貴的。

四、「兼收並蓄」、「集大成」和跨學科

徐先生認為應該把文論研究同哲學的、史學的研究，心理學、經濟學、宗教學等學科研究的聯繫逐步密切起來，視野也比較寬廣。對於各種文化思潮、流派觀點和各種不同風格的作品，都要吸收其合理的符合科學規律的東西，因為文化要發展，恐怕就得來一個「兼收並蓄」、「集大成」。徐先生在1979年給我們上課時，還教育我們重視跨學科的研究方法，這是中國學術界最早提出這個研究方法的學者之一。

例如徐先生的《古代文論中的「出入」說》以王國維的論述為核心，旁徵博引古今中外桓譚、陸機直到曹雪芹、魯迅、周恩來和遍照金剛、狄德羅、果戈理、屠格捏夫等30位名家的有關論述，就是兼收並蓄、集大成式的長篇論文。其專著《論蘇軾的創作經驗》中「隨物賦形」和「妙算毫釐得天契」兩章，精彩論述文學、藝術與術數、數學相結合的美學觀。就是率先運用跨學科的研究方法撰寫的。後來關於「中國古代文學的重數傳統和數理美」以及「中國古代文學的數理批評」已有多篇論著涉及或專論，徐中玉先生則最早開此風氣之先。

〔註2〕 周錫山《論王士禎的詩論和神韻說》，《中國古典文學論叢》第6輯，人民文學出版社，1986年版。

筆者近年出版的《西廂記注釋匯評》（16 開平裝、精裝 3 卷，近 150 萬字）、《牡丹亭注釋匯評》（16 開精裝 3 卷，近 200 萬字），（皆為國家古籍整理著作專項資金資助項目，皆獲全國優秀古籍圖書二等獎，華東地區優秀古籍圖書一等獎），都是結合古籍整理研究、古代戲曲研究、古代文論研究三個專業的資料彙編和研究專著相結合的跨學科著作。《牡丹亭注釋匯評》一書中，筆者的專著《湯顯祖和〈牡丹亭〉研究》中，還有多篇章節是湯顯祖與莎士比亞的比較研究。其中《湯顯祖與莎士比亞偉大藝術成就的總體比較和評論》一文，筆者梳理歸納中國文藝理論對文藝作品評判的四個最高要求和一個重大特色，即用中國的理論話語，觀照和評論湯顯祖與莎士比亞的偉大藝術成就，總結創作經驗。此文即中國古代文論和比較文學結合的跨學科的研究成果〔註3〕。

五、古今中外三方結合，建立現代理論體系

徐中玉先生於 1980 年首創性地提出了「研究文藝理論要把古代的、現代的、外國的三個方面溝通起來」，古為今用，建立以古代文論、西方文論和馬克思主義文論結合的有中國特色的社會主義文藝理論體系。

徐中玉先生的這個設想非常重要。筆者進而認為我們在建設理論體系方面，必須從兩個方面著手。

其一是用現代研究方法為古近代經典名家梳理和建立美學體系。筆者的《金聖歎文藝美學研究》〔註4〕和《王國維美學思想研究》〔註5〕研究和梳理其美學體系。中國社會科學出版社的出版說明認為：「自 20 世紀以來王國維學研究一直是一門國際性的高層次學科。本書著者對王國維的美學原著作過全面系統的收集和整理、研究，並編著多種有很大影響的版本。本書將王國維美

〔註3〕 此文為代表上海藝術研究所和上海戲劇學院出席中英高級別文化交流第四次會議——中英紀念湯顯祖莎士比亞逝世四百週年高峰論壇論文，刊於《藝術百家》，2017 年第 1 期；又收入上海戲曲藝術中心《東方之韻：跨越時空的對話——紀念湯顯祖莎士比亞逝世四百週年活動文集》，東方出版中心，2018 年版。

〔註4〕 周錫山《金聖歎文藝美學研究》，上海高校高峰高原學科建設資助項目，上海人民出版社，2017 年版。

〔註5〕 周錫山《王國維美學思想研究》，上海藝術研究所資助項目，中國社會科學出版社，1992 年版；1999 年獲文化部首屆（1979～1999）文化藝術科學優秀成果獎；增訂本收入中國社會科學院「當代中國學者代表作文庫」（國家戰略性的重大出版項目，建國 70 年最高水平研究著作），中國社會科學出版社，2017 年版。

學論著的全部理論內容重新梳理、歸納、排列和連綴,是國內外學術界唯一一部全面論述、評價王國維美學和文藝思想的專著,在對王國維的美學作了全面而系統的描述的基礎上加以分析和評述,建立起王國維美學思想的寶庫大廈。本書堅實論證王國維在中國和世界美學史、文學批評史和比較文學史上罕有的崇高地位,並指出王國維的意境說美學是世界美學史上唯一的以中為主、三美(中國、印度和西方美學)皆具的理論體系。」

其二,是在前人偉大成果的基礎上,建立自己的文藝理論和美學體系。筆者以匯合古今中外文藝理論和文藝作品研究的方法,建立了意志悲劇說和意志喜劇說〔註6〕、神秘現實主義和神秘浪漫主義的理論〔註7〕,並以這兩個理論弘揚中國文化,批評和糾正西方中心主義的弊病。

總之,徐中玉先生教導的文藝理論寫作的具體方法,在有形和無形、顯意識和潛意識中,影響了筆者的文藝理論評論和研究。徐中玉先生教導的文藝理論寫作方法,有很大的啟示和指導意義。

本文為「上海高校高峰高原學科建設」資助項目。

原刊《上海藝術評論》,2019 年第 4 期

〔註 6〕 周錫山《意志悲劇說和意志喜劇說》,中國古代文學理論學會會刊《古代文學理論研究叢刊》第 27 輯(華東師範大學出版社,2009 年版),又收入上海美學學會代表作文集《新世紀美學熱點探索》(商務印書館,2013 年版)。

〔註 7〕 周錫山《神秘現實主義和神秘浪漫主義導論》,法國・中法文學藝術研究學會和中國比較文學旅法分會會刊《對流》(巴黎)2014 年總第 9 期;《戲曲中的神秘現實主義和神秘浪漫主義描寫略論——中國戲曲的首創性貢獻研究之一》,香港中文大學中文系主編《重讀經典:中國傳統小說與戲曲國際學術研討會」論文集》,香港:牛津大學出版社,2009 年版;《莫言獲諾貝爾獎授獎詞商榷——神秘現實主義和神秘浪漫主義,還是魔幻現實主義?》,孫宜學主編《從泰戈爾到莫言:百年東方與西方》(同濟大學和中國對外友協主辦、北大、復旦和瑞典皇家科學院等協辦「從泰戈爾到莫言——百年東方文化的世界意義國際研討會」論文集),上海三聯書店,2016 年版。

度量宏闊的領路良師
——追憶業師徐中玉先生

　　中玉師 6 月 25 日凌晨以 105 歲高齡仙逝，消息傳來，我不勝悲痛！我是他的首屆研究生，從 1979 年至今，40 年的師生情誼，一朝天地遙隔，痛苦之情難以言表！

　　中玉師在 1979 年改革開放之後，重新換發學術青春，那時他已經 64 歲了。那一年 9 月，他招收第一屆研究生。1980 年 3 月教育部委託華東師範大學中文系舉辦全國高校中國文學批評史骨幹教師訓練班（簡稱師訓班）。當時全國僅有三個專業的師訓班，另兩個是北京大學朱光潛主持的西方美學和中山大學王季思主持的古代戲曲。華東師大這個師訓班有來自北京大學、北京師範大學、南開大學、吉林大學、西北大學等幾十家大學的青年骨幹教師 30 人。此後他又招了四屆研究生。中玉師培養了多個人才，又通過他創辦和領導的掛靠在華東師大中文系的三個國家一級學會和三家權威刊物，培養和提攜了大批人才，功德無量。他的這個卓越功績，和他本人的巨大學術成果與極高學術成就，我在拙文《論徐中玉文藝理論的治學風格和首創性成就》（《文藝理論研究》，2019 年第三期）中已有詳論。今借《文匯讀書週報》的珍貴篇幅，回憶我所親身經歷的中玉師培育他的首屆研究生的一些往事，以寄哀思和敬意。

中玉師的首屆古代文論研究生和中國文學批評史師訓班

　　我於 1978 年我國首次公開招收研究生古代時，報考華東師大古籍研究所（當時稱占籍組）唐宋文史專業方向的研究生。這個古籍整理專業當年是冷門貨，本只擬錄取 2 個，沒想到考生卻多達 2000 多名，轟動全校。通過初試的

有 20 個。劉佛年校長說有這麼多人才，國家也非常需要，複試題目要高難，凡通過複試的筆試和口試的，全部錄取。結果可錄取的（五門考分總計 300 分）有 12 個。我的成績在整個研究所考生中屬於優下，甚得主考教授葉百豐先生的好感。但我是中學教師，因單位不放，未能入學，結果共有 11 位入學。第二年古籍所沒有招生計劃，我於 1979 年報考華東師大中文系徐中玉為導師、陳謙豫為副導師的中國古代文藝理論專業（後教育部統一命名為中國文學批評史專業）。葉百豐先生親自向中玉師推薦。此年上海市高等教育局和上海市教育局商定，凡中學教師報考研究生，必須高於最低錄取分數線 50 分，才可錄取，但單位一律放行，不准扣押。我的總考分 383 分，高出 83 分，我以總分第二名的成績錄取（第一名因英語未過最低分數線 40 分而未能錄取）。當時中玉師申報國家六五社科規劃重點項目「中國古代文藝理論研究」，需要多名研究生參與，因此招生名額高達 8 個（一般只有兩三個）。但當年因考題高難，只錄取了三人；而中玉師的課題，需要多名研究生參與，中玉師於是又從施蟄存先生的唐代文學專業考生中調劑二人 2 個，共有 5 人投入中玉師門下。1978 和 1979 年的研究生報考，競爭最為激烈。當時報考的年齡從 20 歲到 40 歲左右，也即考生來自 20 年積壓的各屆大學生和自學生，數量巨大，錄取比例極低。我兩次以高分超過錄取線，兩次英語成績都是 91 分，因考分優異領先，入學後我被中文系指定為本專業的班長，又被文科研究生英語班推選為班長（課代表）。因此，甚得中玉師和謙豫師的器重。

1979 年 9 月 10 日報到，一周後正式開學。第一學期，中玉師每週給我們開課一次，共講 16 次，每次二 2 教時。兩次講收集資料的意義和如何做資料卡片的方法，然後重點講了劉勰《文心雕龍》、嚴羽《滄浪詩話》、葉燮《原詩》和劉熙載《藝概》等經典名著。

當時條件差，中文系各辦公室全在在 2 排簡易平房中。我們上課是在其中的一間中型會議室，師生們圍繞著一個乒乓桌而坐。中玉師坐在運動員打球的一面，我們學生 5 人和副導師陳謙豫師坐在兩邊。另有一名還有一個旁聽生潘世秀，是蘭州大學的中青年教師，原是華東師大的畢業生，在復旦大學王運熙副教授那裡進修，她每次來旁聽，坐在中玉師的對面。

1980 年 3 月，師訓班開學，他們的學習任務是每週聽講座一次。中玉師遍請全國名家，如郭紹虞、程千帆、錢仲聯、吳組緗、王元化等，來談他們擅長的學問和課題，每人講一次或兩次。我們研究生除了隨班聽講座之外，每週

一次學習，還在中玉師家中進行學習。由一個研究生談一個名家，大家討論，中玉師評論。當時蘇州大學錢仲聯的首屆研究生王英志等 2 人，武漢大學王文生的首屆研究生 3 人，這學期就住在華東師大宿舍，跟著師訓班一起學習。

第二年開始，5 個學生分工閱讀先秦到清末文學的全部名家名作，抄錄其中全部文藝理論資料。中玉師規定我們在學期間，不要寫論文，專心做卡片。他說，你們完成全部任務後，將你們抄錄的全部卡片，和我抄錄的卡片（中玉師幾十年中抄錄的二三千萬字的卡片中有關文藝理論的部分），兩相對照，補漏填缺，分類編纂《中國古代文藝理論專題資料》（中國社會科學出版社，1990 年代分冊出版，2013 年出版 16 開精裝 4 卷本），然後每人撰寫論說專著。中玉師說，復旦大學中文系著重做「史」，即撰寫《中國文學批評史》；而我們著重做「論」，將古代文藝理論的重要學說撰寫專著，如滋味說研究、神韻說研究等。我分工閱讀老莊道家，中經柳宗元、王士禎等人，一直到王國維。

我們抄卡片的工作到第三學年第一學期中間結束，開始寫畢業論文，到第二學期中間交稿，共有 4 個月的時間。5 個研究生有 4 個是自選題目，只有我，中玉師說，你寫王漁洋的神韻說。在當時來說，這是一個很難的題目，因為神韻說虛無縹緲，難以理解、把握和解說，而且郭紹虞《中國文學批評史》對之抱部分否定態度。在我之前，從 1950 年代到 1980 年代初，全國只發表過 2 篇論述王漁洋及其神韻說文章，也都予以徹底否定。師命難違，我硬著頭皮，用 4 個月的時間，讀了王漁洋的著作，按規定寫了 34 萬字篇幅的《論王士禎的詩論與神韻說》初稿。中玉師審閱並提修改意見後，我和其他同學一樣，再用 2 個月時間修改、定稿。我是只認死理、不認名人的書呆子，此文一反成說，不僅對王漁洋及其神韻說評價很高，還點名批評了郭紹虞（1893～1984）著作中批評王漁洋的一個硬傷和錢鍾書的一個錯誤觀點。中玉師閱後，對此不改一字。此後兩位外請答辯導師吳調公和陳伯海，對拙文評價頗好，我總算最後放下了一顆惴惴不安的心。徐先生不怕得罪老朋友郭紹虞，讓學生獨立發表觀點，弘揚了創作自由的精神，是非常難能可貴的。

我的入學經歷曲折，此後發表論文和出版著作也一路曲折相伴。我將畢業論文拆成 3 篇文章後投稿多家大學學報等，皆未能刊出。5 年半後，1987 年 12 月，才由人民文學出版社的《中國古典文學論叢》第 6 輯中青年學者專號作為重點文章（文章題目在目錄中打黑體字）全文發表，全靠素昧平生的責任編輯劉文忠先生的公正提攜，我至今感激。

在學期間,我作為班長,到中玉師家去接受各類任務,傳達給全體同學,一起完成後再去彙報;收作業,收各人抄好的卡片,去交給徐先生;向師訓班傳達各類通知、講座前給全班頒發教材等等。因某種我不可抗拒的原因,我一畢業,就身不由己地離開了徐先生,離開了華東師大。中玉師培養的第一屆古代文論研究生,畢業後竟然沒有一個跟隨他研究古代文論,他身邊一個嫡系學生也沒有。這可以說是1980年代初期名家大師、權威教授中的一個奇觀!

中玉師的嚴格要求和出格寬容

中玉師在我們學生面前不苟言笑,面容嚴肅,言簡語短,不怒自威。我們幾個研究生見到他非常恭敬和害怕,也都謹語慎言,常常沉默如金。中玉師講課,內容嚴謹嚴密,論述精到透徹。我讀他的論文和專著,也感到他非常細緻、透徹和周全,他將論述對象分析、深挖和評論到了極致的程度,我和同學們都非常佩服。

他偶而給我們布置的作業是讀書報告,批改仔細;審閱畢業論文,從標題、題旨、觀點到標點符號,一絲不苟地用鉛筆細細批改。我未讀過大學,如何撰寫論文,未受過論文撰寫的訓練;入學且之前,沒有專業方向,都是亂看書而已;以前更沒有讀過正規論文,所以全皆是摸著石頭過河,瞎闖亂撞。經過中玉師對我的畢業論文的精細審改,使我開了竅,我以後就一直獨立寫文撰書,中玉師是引導我進入學術道路的唯一良師嚴師。

記得研究生二年級上學期,華東師大1980年9月校慶之時,按慣例是各系教師提交論文,各系舉辦學術交流會。1979年剛入學,我去旁聽過中文系的校慶學術交流。這次中玉師與我們會面時問,今年校慶你們準備寫什麼文章麼?別的同學一聲不吭,只有我回答:我準備寫一篇評論朱東潤傳記作品的文章。因為我們研究生可以之前我因在校圖書館教師閱覽室看書,結識了兩位管理員,一位是周谷城的大媳婦,一位是朱東潤(1996~1988)的侄孫女。大約看我讀書用功,兩位長輩都待我極好,都曾幫我去周谷老、朱東老那裡「討字」,請兩老給我寫過條幅。我以前讀過朱先生的《張居正大傳》和《陸游傳》等,很喜歡,在那年校慶前不久就寫了一封信給朱先生談學習體會,他立即回信,並談及他近年出版著作的困難和煩惱。因此我才突然想到寫朱東潤傳記評論。徐先生聽我此話,他一聲不響,頭一低,半晌不語。不僅我本人,同學們也都十分尷尬,全場靜默。我當時肯定腦子糊塗了,那天怎麼解散,怎麼離開徐先生家,我都記不得了。我要寫的論文,與專業無關,離題萬

里啊！見多識廣、閱人無數的徐先生，從來沒有碰到過我這樣的學生。

我讀研究生不久，偶然遇到重逢我在上海小學當教師時的同事、教唱歌的胡高華老師，我曾經由她介紹去她的父親是受到魯迅先生讚譽的著名作家、上海師大胡山源教授（1897～1988）。當時我請她介紹，去胡先生家裏請教過 2 次。現在與胡老師重逢，問起他老人家，說退休後回江陰老家，今已 84 歲，正在寫作新的小說作品。1980 年暑假，我就去江陰看望胡先生，回來時，他寫信向中玉師（他們是江陰同鄉和老友）問好，由我轉交。我為人處世缺少沒有心機，我不是一個人到徐先生家去交信，而是 9 月初開學後，居然在徐先生與我們全體學生會面時當眾轉交此信的。現在，加之 9 月中旬又遇到為朱先生撰文這件事，有一些同學認為我周錫山這下「完結」了，因為輿論公認，導師最犯忌最惱火的是學生背後結識與「投靠」別的名家。我也知道有這種忌諱犯忌，但不放在心上，我因問心無愧，我沒有這種想法就可以了所以也並不放在心上。於是，胡山源先生要我帶信給上海的老友譚正璧（1901～1991）先生，我又結識了譚老先生。1980 年 11 月徐先生帶我們研究生出席在武漢大學舉辦的第二屆中國古代文論學會年會。會議休息時（當時經濟條件差，沒有點心、水果之類的茶歇），我在會場外走廊裏溜達，見到師訓班的王汝梅老師，打了一個招呼，他馬上將我介紹給他正在交談的張國光副教授相識。

我回上海之後，因各種機緣下認識的朱東潤、胡山源、譚正璧、張國光等多位教授不斷來信，都寄到中文系來。於是，中文系領導後來特地提醒告訴我，有的同學到系裏和徐先生那裡給你造足了輿論，說你關係眾多，不把心思放在學習上，專門與名家拉攏關係。

1981 年 11 月，我們剛暫停卡片抄錄工作，正開始撰寫畢業論文之時，張國光先生寄來邀請函，請我出席他主持召開的「首屆《水滸》全國研討會」。當時學術會議極少，大學教師能出席全國研討會的機會極少，作為中青年教師研究生如能參加會議，很感榮耀，並自感頗有學術地位。所以我拿到邀請書，非常想去，就拿著邀請書直接跑到徐先生的系主任辦公室，給他看邀請書，表示想參加會議。我說只要准假，我不能報銷車旅費、住宿費，也準備去參加。《水滸傳》是小說，和我們的古代文論專業沒關係，而加之我們剛開始寫畢業論文，全部時間只有 4 個月寫畢業論文，時間本就很緊張。我的這個無理要求，換一位導師，可能馬上會嚴斥一頓，立即拒絕。而徐先生說，邀請書留在我這裡，我考慮一下，也讓系裏討論一下。不久他叫我去辦公室，對我說：「我

們決定批准你去，也給你報銷路費和住宿費。」我趕寫了論文《論〈水滸傳〉與〈艾文赫〉》《論〈水滸傳〉在中國和世界文學史上的地位和意義》，臨行前還去徐先生家，請他寫一封給大會的祝賀信，他立即就答應了，第二天就拿著祝賀信到學生宿舍來交給我。

我怎麼會想到寫《論〈水滸傳〉與〈艾文赫〉》這 2 篇文章呢？《艾文赫》是英國司各特的經典作品，林琴南譯作《撒克遜劫後英雄略》，描寫的是英國俠盜羅賓遜的故事，正好可與《水滸傳》作比較。我在 1970 年代讀古文詩詞、《二十四史》，自學英文，還翻譯了幾篇英國文學名作。通過我的同事方笑芬老師的丈夫、《辭海》編輯的介紹，我將自己不像樣的譯作請王智量先生指導過。我考進中文系研究生時，徐先生將智量師引進到中文系任教。智量師是俄文、英文都達到一流水平的著名翻譯家，人民文學出版社出版他的普希金《葉甫蓋尼・奧尼金》譯本，上海譯文出版社出版他的狄更斯《我們共同的朋友》譯本。他大學畢業北大留校，調到中國社會科學院文學研究所就發表長篇論文，是罕見的奇才。那時他智量師征求我的同意，想要向徐先生提出，讓我畢業後跟隨他做當時最時髦的比較文學研究。我說好呀。我寫此文《論〈水滸傳〉與〈艾文赫〉》，正是試試自己這方面行不行。此文隨後收入大會論文集（中國《水滸》學會會刊《水滸爭鳴》第二輯，長江文藝出版社，1984 年版），同時我又在香港《文匯報》發表《世界上最早的長篇小說》，因此我感到有了點信心。此後，王先生向徐先生提了這個要求，馬上得到徐先生的同意。後來施蟄存先生告訴舍妹，說中文系當時決定你哥哥當時留校，進的是外國文學教研室。

我在 1980 下半年研二時輯編、校點了《王國維文學美學論著集》（北嶽文藝出版社，1987 年、1988 年版，上海三聯書店，2018 年版釋評本），1982 年研三畢業前，輯編《金聖歎全集》並完成了部分校點稿。王國維一書已經完成後，我去報告徐先生，他說如果你有發現的新資料，我就給你去推薦出版。這是第一本（也是至今唯一的）王國維文學美學的彙編，1980 年下半年正跟中玉師做進修生的吉林大學王汝梅教授看到我的校點稿，幫我去問他的鄰居、王國維的親戚羅繼祖教授，有什麼新資料。羅先生說王國維的成就巨大，不必再找什麼新材料。新材料沒有，我自然就不敢去麻煩徐先生，更不敢請他寫序。王汝梅老師說，我幫你請了羅繼祖先生寫序，利於出版。毛時安兄幫我推薦到山西出版。接著我完成了《金聖歎全集》4 卷 220 萬字，出版社要我請趙景深師作序。當時趙景深（1902〜1985）先生的名聲和地位都比徐先生高，我們小作者不敢得罪出版

社編輯，我不敢請徐先生寫序，只好請趙先生作序。1985 年此書出版，我更不敢送給徐先生，我想此書是趙先生做的序，徐先生看了也許要生氣。不久我的同學黃珅（華東師大古籍研究所教授、博導、《顧炎武全集》主編）特地來我家，說：你出版了書，怎麼不給徐先生一部？原來他瞭解到徐先生對我此書的關心，專程來關照我的。我馬上到徐先生家送書。1987 年，經過多年等待，《王國維文學美學論著集》也出版了，我馬上送給徐先生，徐先生看到我請別人作序，心無芥蒂。他還讚揚說，這本書非常有用。我說既然很有用，我再送你幾本，你送給你的朋友們好嗎？他說，好！我就送了他幾本，後來他還特地告訴我說，「我代你轉送了王元化先生、香港中文大學的羅忼烈教授」等等。

中玉師為他人培養學術接班人

我的同學、施蟄存的研究生李宗為，是李小峰的侄子，其父和李小峰都是《魯迅日記》中經常出現的常客。趙景深先生的夫人李希同是李小峰的胞妹，所以李宗為是趙景深的內侄。我研究生畢業前夕，他就極力邀約我報考趙景深的博士生，並向他的姑父趙景深、姑媽李希同做了極力推薦。1984 年初起，我受邀經常到趙景深府中，他因嚴重白內障，視力不濟，無法動筆，命我替他撰文、審稿。中玉師支持我報考景深師的博士生。後因他逝世，未能報考。因某種原由，1986 年中玉師又親自到朱東潤先生府上推薦我報考他的博士生。

1984 年秋，景深師委託我整理和修訂他的名著《元明南戲考略》（人民文學出版社，1990 年版，書前的「出版說明」特對鄙人表示感謝）。此前，譚正璧先生也因白內障幾乎失明，委託我修訂他的名著《中國女性文學史》（百花文藝出版社，1985 年初版、2000 年民國經典學術書系版、上海古籍出版社《譚正璧學術著作集》，2012 年版，此書前言表示感謝並指明修改的情況）。1996 年上海文藝出版社的「文苑英華」書系首批 4 種，有北京大學金克木《文化卮言》（上海文藝出版社，1996、1997 年，中國人民大學出版社，2006、2009 年）一書的選題，出版社邀請我代金克木做全書的編選。我在他 60 年的全部著作中摘錄了 200 個重要論述，提煉了 200 個標題，分為四編，將其精華一網打盡。此書前言中，金先生對拙編大表滿意。

我為這些名家效勞，未曾為中玉師出力，中玉師毫不介意，還慷慨幫忙提攜。我一般不敢勞動他的大駕，只有中國社會科學出版社先後於 1992 年出版《王國維美學思想研究》，2008 年出版《王國維集》四卷本，我請他寫序，

他都慷慨應允。後書之序，開首說：「周錫山研究員是我多年熟知，在 20 世紀 70 年代第一批古代文論研究生班中勤奮堅持學術研究工作，先後已發表出版論文專著多種的學人。」兩序都將我作為學界同道而作序，而不以導師自居，我只能無可奈何。

徐先生兩次支持我考別人的博士生，其中一個重要的原因是他與博導身份擦肩而過。中國第一批博導，上海文學專業僅有五 5 人。復旦郭紹虞、朱東潤、趙景深，趙景深成就最高，國際影響最大。還有華東師大徐震堮和上海外國語大學方重。1987 年批准第二批博導，規定年齡不准超過 70 歲。華東師大中文系徐中玉、施蟄存、程俊英等大批名家，全部被劃出線外，只有錢谷融（1919～2017）接近 70，一人當上博導。其他名校增加了大量博導。華東師大中文系受到重創，極其被動。中玉師費了一番周折和時間，將校外的王元化請來當博導。在這樣嚴峻的形勢下，中玉師帶領中文系艱難破浪前進，依舊做出驕人的成績。徐先生自己不當博導，卻慷慨地推薦自己的研究生，去考別人的博士生，他的不少優秀學生，成了別人的學術接班人，他心中毫無芥蒂，器量宏闊。

徐先生的慷慨大度，遠不只是對待我一人，更不僅是對眾多的學者個人，他熱心公事、謙讓克己，舉世罕有倫比。他創辦了國家一級學會——中國古代文學理論學會，請郭紹虞當會長；郭逝世後，請四川大學楊明照教授當會長；楊逝世後，一直當副會長的徐先生沒當幾年會長，就辭職，由學會改選後輩郭豫適教授當會長，然後又推選別人的學生——王元化先生的高弟胡曉明教授當會長兼學刊主編。他創辦了國家一級學會中國文藝理論學會，請王元化當會長。

回想我與徐先生四十年的師生「歷程」，他指導的古代文論專業，僅是我一部分成果的依歸。因葉百豐師、王智量師、趙景深師、朱東潤師知遇之恩這個情結的關係，我的成果分屬古籍整理、比較文學、古代戲曲、歷史和傳記專業。我對業師徐先生的這種表現，應該是極為稀見的；而中玉師對我的寬容，對我始終不棄不離、關愛有加，這樣的導師業師更是極為罕見的。中玉師，您雖然已經昇天，您永遠在我的心中。我將繼續努力，為弘揚師風而略效綿薄之力。

原刊《文匯報》（文匯讀書週報），2019 年 7 月 8 日

玖、當代理論思考和研究

論歷史題材的文藝作品的價值趨向

中國歷來有重視歷史、敬畏歷史的優秀傳統，是世界上唯一的歷史著述大國，歷史著作浩若煙海，完整、全面、深入地記載了中華民族五千年的光輝歷史。古近代的歷史題材文藝作品有講唱藝術，戲曲藝術和歷史小說，傳統也頗為深厚，並取得頗高的藝術成就。現當代直至近年，通俗歷史的著作和講座、歷史題材的曲藝、戲曲、話劇、小說、電影和電視劇也十分風行。但是近也產生了消解歷史、戲說歷史和惡搞歷史的不正之風。

歷史題材的文藝作品，主要描寫歷史人物，講述歷史事件，再現古代社會的歷史風貌；有的是將傳統的歷史題材的佳作改編成新作，有的則是當代作者的新創作。

能夠稱得起歷史劇、歷史小說的文藝作品，必須是雅俗共賞、基本忠於歷史史實、有相當藝術品位的精心創造之作。這是一個非常高的要求。像京劇《曹操與楊脩》，儘管取得較高的藝術成就，影響很大，但在 1989 年一月上海衡山賓館舉辦的此劇研討會上，阿甲、俞琳等專家認為此劇不能稱作「歷史劇」，只能稱作「歷史故事戲」。我認為此因其重要情節如曹操殺妻、楊脩的才華似乎超過曹操等描寫，嚴重違背歷史真實、完全不符合歷史人物的實際。我已發表《〈曹操與楊脩〉劄記》〔註1〕已有詳論，此處不贅。

「歷史劇」和「歷史故事戲」是品位高下懸殊的兩個層次的文藝作品的分類，可是當今眾多的歷史故事性質的文藝作品都打著「歷史」的旗號，或借「歷史」的由頭開展情節和描寫人物，而寫出來的東西與「歷史」不符。這是

〔註1〕 周錫山《〈曹操與楊脩〉劄記》，《上海藝術家》，1990 年第 1 期；又收入上海京劇院編《〈曹操與楊脩〉創作評論集》，上海文化出版社，2005 年。

因為不少創作者和評論者不懂兩者的分野，甚至還沒有分清兩者的意識，或者想將歷史故事作品抬高到歷史劇，有時就以「歷史題材」的文藝作品統稱此類作品，故本文也以這個統稱來分析和評論，以便論題的展開。

歷史題材作品大受讀者、觀眾、聽眾的歡迎，因此從事歷史題材的文藝創作，應該堅持和發揚正確的價值趨向，從而擔當起適應當代欣賞者的需求，引領欣賞者形成正確的藝術欣賞觀念、建設和繁榮民族文化的多項重大使命。其中價值趨向是關鍵性的中心問題，所以本文結合近年的創作情況，就此題提出一些看法，以期引起討論，並就正於方家。

一、表現歷史的真相，提供和傳授正確的歷史知識，提高國民的文化素質

關於歷史小說的創作，古人為我們建立了一個「七真三虛」的創作原則。這個原則不僅得到文學界和讀者的認可，也得到史學界的認可，清代權威著作《文史通義》的作者章學誠的給以充分肯定。七真三虛，就是大事和主要人物要符合史實，在這樣的基礎上作家可以虛構細節，虛構或改寫在歷史上無足輕重的次要人物，但這種虛構和改寫必須符合歷史的真實。長篇小說《三國演義》即是這樣的一個典範，改編此書的蘇州評話《三國》忠於原作，故也取得高度成就。

古人很重視歷史題材文藝作品的這個真實性問題，明代著名學者謝肇淛認為：「近來作小說稍涉怪誕，人便笑其不經。而新出雜劇，若《浣紗》《青衫》《義乳》《孤兒》等作，必事事考之正史，年月不合，姓名不同，不敢作也。如此，則看史傳足矣，何名為戲？」〔註2〕這樣的批評，針對年月、劇中非主角的姓名也事事拘泥正史，只真不虛，固然有道理。但明清作家如此忠於史實，遵循「七真三虛」的原則，終於寫出傳奇《浣紗記》《鳴鳳記》《長生殿》和《桃花扇》等一批佳作和經典之作。

當今歷史題材文藝作品在真實性方面的問題最大、最多，危害最嚴重。

例如崑劇《班昭》為了塑造班昭這個藝術形象，將補寫了少量篇幅的、在書中地位並不很重要的班昭做了過分的強調，竟給人以《漢書》是靠班昭最後完成的強烈印象，無形中就將著作權歸到班昭手中。不少缺乏深厚歷史知識的觀眾，包括青少年和外國觀眾，就此以為《漢書》的主要作者是班昭，豈非

〔註 2〕謝肇淛《五雜組》卷十五，中華書局，1959 年，第 447 頁。

滑天下之大稽？他們看到中華書局出版的權威的「二十四史」版本中的《漢書》署名班固著，以為班昭如《班昭》中所說的應是主要續寫者，她主動隱名，而讓班固「欺世盜名」，糊弄了千古讀者。《漢書》是堪與《史記》齊名的偉大歷史著作，人們並稱兩書為《史》《漢》，並稱兩書作者為「馬班」或「班馬」，但此班不是那班，是班昭的兄長班固。當今世界非常強調著作權，《班昭》在這一點上，遲早必會遭到國內外有關人士的非議。至於戲中彌漫的窮酸味，則極大地損害了古代知識分子的光輝形象。我已發表《略談崑劇〈班昭〉的思想缺鈣和窮酸味》〔註3〕已有詳論，此處不贅。

又如電影《天地英雄》竟然說盛唐皇帝下令殺俘虜，殺的還是突厥的俘虜；多次阻撓日本遣唐使的回國要求，並將他貶為捕快，派往西域緝拿逃犯。戍邊校尉李因，違抗軍令，不願屠殺突厥的俘虜——手無寸鐵的老人、婦女和孩子而被朝廷通緝。這部電影虛構的這個故事，是不能容忍的歷史歪曲。

唐朝歡迎和善待日本遣唐使，是不可動搖的史實，這是中華民族寬廣胸懷和傳播先進文化的責任心的重大體現。遣唐使在政治上沒有舉足輕重的地位，要扣押他們幹什麼？將一個遣唐使貶為捕快，已經虛構得荒誕離奇，而且還逼迫一個不讓回國、不受信任的遣唐使，去擔當某種重任，放他到天高皇帝遠的西域去執行艱險的任務，豈不違背最基本的思惟邏輯和心理邏輯？

更嚴重的是這部影片荒誕地虛構了皇帝下令屠殺突厥戰俘，史實是：東突厥一貫兇狠入侵，給新建立的唐朝形成極大的壓力，戰亂對民眾造成嚴重的傷害。自貞觀元年（627）起，東突厥發生內亂。貞觀三年（629），唐太宗乘東突厥內亂，內外交困和頻年災荒，以李勣和李靖為主將，派兵一舉消滅之，生擒敵酋頡利。

唐軍俘獲突厥十餘萬口。「突厥既亡，其部落或北附薛延陀，或西奔西域，其降唐者尚十萬口」（《資治通鑒》卷一九三，太宗貞觀四年）。貞觀二十年（646），李勣破薛延陀。高宗永徽元年（650），擒建牙帳於金山之北的東突厥別部酋長車鼻可汗。至此，東突厥「盡為封疆之臣」（全部成為唐朝鎮守邊境的臣子）。

唐代對東突厥的降人非常優待。太宗將約半數的東突厥降人安排在京師居住，因為大批東突厥的酋帥留在朝中任職，「皆拜將軍中郎將，布列朝廷，五品以上百餘人，殆（幾乎）與朝士相半」。其部眾「入居長安者近且萬家」（《貞觀政要》卷九《安邊》）即其家屬約有50萬人住在長安。突厥人的大量入住京

〔註3〕 周錫山《略談崑劇〈班昭〉的思想缺鈣和窮酸味》，《文藝報》，2007年1月23日。

師，使突厥習尚滲透整個社會。其他的突厥降者安置在東自幽州（今北京）西至靈州（今寧夏靈武西南）的廣大地帶。

　　貞觀十三年（639），突厥降將阿史結社率等行刺太宗，未能成功，朝野震動。太宗聽信朝臣的提醒，感到突厥降者留在黃河以南頗有不便，即冊封阿史那思摩為乙彌泥孰俟利苾可汗，令他率突厥和胡人返回漠南故地，至貞觀十五年（641），東突厥返歸者三萬戶，勝兵四萬，馬九萬匹，分布於「南至大河（黃河），北至白道川（今內蒙古呼爾浩特西北）以北」的肥沃草原，讓他們復立突厥汗國。不久因薛延陀南下侵逼和思摩缺乏能力撫御其眾，突厥人「悉棄俟利苾，南渡河，」請求在雲中定襄一帶定居。

　　高宗永徽元年（650），唐朝又將車鼻可汗降部安置於郁都督軍山（今杭愛山東支），設立狼山都督府（今阿爾泰山北）以統領之。又於漠北設置單于、瀚海都護府。「即擢（提升）酋領為都督、刺史」，於是東突厥「盡為封疆臣」，「凡三○年北方無戎馬警」。（《新唐書・突厥傳》上）

　　像這樣厚待雖已投降、但曾經極大地危害過自己的異族，即使有人降後暗算皇帝，也不懷疑其他降者，依舊給以信任和優待，如此的風度和氣派，除了中國以外，是極為罕見的〔註4〕。而殺降牽涉到政治家和軍事家根本性的信譽，古代帝王將相都認為殺降不祥，除了像霸王項羽這樣善於自取滅亡的兇惡的莽漢，連秦始皇也不肯做這種蠢事、醜事的。白起坑殺趙國降軍四十萬人人，不是秦始皇的命令，而是他自己的決定，他因此而被稱為「人屠」，臨死時他深感自己的橫死是此類虧心壞事的報應。

　　《天地英雄》竟然偽造歷史，向盛唐皇帝的臉上抹黑，損壞了中華民族的國際形象。我曾撰《漢匈四千年之戰》一書，指出漢唐盛世時期戰勝匈奴和突厥，都體現了中華民族以儒道兩家為指導，歷來熱愛和平友誼，善待異族，並能最終戰勝一切入侵的強敵的偉大民族精神〔註5〕。

二、對歷史事件、人物做出正確的、新的評價

　　像《天地英雄》這樣，將髒水潑向皇帝這類「反動頭子」，帝王將相都是

〔註4〕　參見拙著《漢匈四千年之戰》第四章「漢匈之戰後史」第6節「突厥在北朝、隋唐時期崛起和東西突厥的滅亡和西遷」，上海畫報出版社，2004年、上海錦繡文章出版社，2012年。

〔註5〕　參見「本院研究所動態—漢匈四千年之戰—中國社會科學院」網頁對此書的這個評價。

搞陰謀詭計、品質惡劣的統治者，下級軍官和士兵因為屬於人民或接近於人民，有正義感，敢於抗上，維護道義。這種帶上階級鬥爭時代違背歷史真實的錯誤思惟模式，依舊佔據著不少藝術家的頭腦。

而另有不少作品的思惟模式則正好相反，這些作品無原則地歌頌暴君或一些平庸的帝王將相，虛構無聊的宮廷鬥爭或情愛故事以取悅觀眾。

如《英雄》這部電影打破歷史定評，將戰國末期的秦王，即後來的秦始皇這個暴君捧為「英雄」。電影將天下統一的大局作為最高的時代目標，「一俊遮百醜」，將統一六國的秦王，對百姓殘暴，眾多的倒行逆施將短暫統一後的中國很快拉向崩潰，引發全國性的全面內戰的奸雄，捧成為蓋世英雄。「天下統一」固然是時代的趨勢，但不能將天下統一作為唯一的最高目的，天下統一要為富國強兵和百姓安居樂業服務。而秦國歷代君王和秦始皇以富國強兵、對民兇殘的法家為指導，秦國的軍隊在統一六國的過程中大肆殺戮，統一後又焚書坑儒、勞民傷財，殘酷壓迫、剝削全國人民，這兩者之間的功過是不能互相抵消的。他之後，漢高祖劉邦領導的西漢統治集團以黃老和儒家思想為主導，適當運用法家的合理主張，以光明磊落的政治風格，高度符合社會實際的恢復和發展經濟的英明政策，充分發揮全國上下的聰明才智，將一個三千年創造的財富全遭秦始皇和楚霸王破壞、經濟極度破敗、人口從秦末 2 千萬減少到只剩五六百萬的亂世，在外患極為嚴重的形勢下，經過短短的六十餘年的艱辛努力，至漢武帝接位時，已將中國建設成世界第一軍事和經濟強國，創造了人口達到六千萬的西漢盛世，並持續了兩漢四百年的和平發展。兩者比較，更可見秦王、秦始皇的愚蠢、兇殘和可惡，更可見秦始皇統一天下後驕奢淫逸，治國無能，害民不淺。對此，可以秉筆描寫，但不值得歌頌。

還有一類作品，描寫統治集團內部的鬥爭，但缺乏正確的史識，混淆了歷史的真相。如京劇《成敗蕭何》對劉邦、韓信這樣名聲煊赫的歷史人物和韓信被殺事件的評價，也做典型的錯誤評判。魯迅、郭沫若等人，雖然是 20 世紀的文化大家，但也常有失誤。他們因古文水平的限制和讀書粗心，誤讀《史記》和《漢書》的原著和古注，錯誤地將劉邦批作「流氓無賴」，亂說劉邦「大殺功臣」。這個錯誤論點，跟隨者眾多，包括學術大師季羨林和近年風行大陸的臺灣史家黎東方等等。他們無視被譽為「信史」的《史記》極度歌頌劉邦的公正記載和評價，誤導了包括《成敗蕭何》這樣的一批作者，反而將雖有軍事天才，卻因政治上的無賴、無德而成為漢庭公敵的韓信作為品德高尚的英雄吹

捧，誤導觀眾和讀者。這些作者沒有重視古近代直至 20 世紀學界主流對劉邦、韓信問題的正確共識，也未認真借鑒前輩老作家陳白塵歌頌劉邦的名劇《大風歌》的創作經驗，《成敗蕭何》雖然在劇本創作和導、演藝術上頗見功力或成績，但因其史識嚴重不足，而難以成為傳世之作。

因篇幅所限，對漢高祖劉邦和韓信等的觀點，這裡不做論證。有興趣的讀者可以參見拙著《流民皇帝——從劉邦到朱元璋》和拙文《劉邦新論》中的詳盡論證〔註6〕。

越劇《韓非子》也是一個頗有藝術成績的作品，但此劇將韓非塑造成一個熱愛人民和和平，反對暴政和戰爭的仁慈政治家和理論家，完全顛倒了歷史的黑白，儘管韓非是一個很有創造性、理論成就很高的法家的重要代表人物。

至於話劇《商鞅》也是如此。商鞅的歷史功績巨大，人格魅力卓特，但無條件地歌頌這個有深刻的歷史侷限、學識侷限和性格缺陷的政治人物，無視他的理論和變法也有嚴重缺陷的事實，不做具體分析地以粉絲的姿態予以全力歌頌，也是有現代意識的文藝家不可取的創作態度。

另有一些文藝作品和歷史講座，津津樂道於歷史人物的權謀和陰謀，甚至宣揚只有陰謀者能夠獲得權力和勝利，得出在中國歷史上總是陰謀者奪得最高權力、能夠最後取勝的荒謬結論，則更其等而下之，嚴重違背真善美的文藝創作原則的同時也嚴重違背了「得道多助，失道寡助」、人心向善、公道必勝的歷史規律和中國歷史的實際。

總之，歷史題材作品應該對歷史人物和事件有正確的評價，有突破前人侷限的精彩的新觀點，向讀者、觀眾傳授正確的歷史知識，使讀者、觀眾瞭解中華民族和祖國的光輝歷史，以此增強民族凝聚力和愛國熱情。

三、描繪脊樑骨式的歷史人物的風範、性格，高風亮節和人生境界，激勵當代人

優秀的文藝作品應該大力歌頌和精心描寫魯迅先生所說的歷史上的脊樑骨式的人物，表現他們傑出風範、光輝品格和人生境界。傳統戲曲、評彈的優秀之作，多能掌握好這個分寸。當代的一些著名作品，於此則有欠缺。

例如電視劇《漢武大帝》，此劇在藝術上頗有特色，編導演的功力在當今

〔註 6〕 拙著《流民皇帝——從劉邦到朱元璋》第二章和第三章，上海畫報出版社，2004 年、上海錦繡文章出版社，2012 年；和拙文《劉邦新論》，《社會科學論壇》，2008 年 6 月號。

都屬一流。但是它留下的遺憾也是明顯的。此劇前半著重描寫圍繞漢景帝的權力鬥爭，也兼及漢武帝繼位的曲折和鬥爭，情節撲朔迷離，各類人物的表現精彩動人。可是這前半的光輝掩蓋了全劇，後半沒有發展，而後半描寫漢武帝波瀾壯闊的一生和西漢盛世曲折艱難的歷程應該超過前半，此劇於此乏力，最後只能以虎頭蛇尾告終。

　　縱觀景帝時代，恰遇匈奴很少入侵，外患的壓力比文帝和武帝時代皆輕，景帝作為一個守成的君主，主動作為很少，被動應付的多，尤其是面對吳楚七國之亂，應對失措，最後險勝。武帝與之不同，他高瞻遠矚，積極進取，四面出擊，尤其是以罕有倫比的巨大魄力，發動漢匈戰爭，打垮了可稱為空前絕後的強大敵人匈奴，厥功甚偉，彪炳千秋。此劇著力歌頌敗將李廣，對品質高尚、武藝高強、智勇超群的第一功臣衛青則僅予一般表現，還錯誤地以為他是靠裙帶風發跡的外戚而已。此劇雖有歷史顧問，但識見不高，也未能吸收史學界的新成果。例如楊生民《漢武帝傳》指出：「縱觀衛皇后家族不僅出現了卓越的軍事家衛青、霍去病，而其影響延及後世，對漢朝歷史作出了重大貢獻。這一點是千古不朽的。一個出身如此卑賤的家族對歷史竟然作出這樣重大的貢獻，也是永遠值得後人深思的。」〔註7〕

　　漢武帝廢除金屋藏嬌的陳皇后，慧眼識英雄地將出身奴隸的衛子夫提為皇后，既取得後宮的寧靜、安定，使他能夠全力勵精圖治；這位皇后又為武帝帶來衛青、霍去病兩個千古名將，霍去病則為武帝帶來同父異母弟霍光，霍光成為武帝、昭帝、宣帝三朝元老和兩代顧命大臣，為西漢盛世的平安過渡起了無與倫比的重大歷史作用；尤其是衛皇后的重孫劉詢繼位為宣帝，這位歷經磨難、雄才大略的青年皇帝，使武帝晚年漸趨衰敗的形勢終得挽回，取得中興，延長了西漢盛世的輝煌歷程，並徹底打垮匈奴，取得漢匈戰爭決定性的勝利。《漢武大帝》未能精心描寫出身貧賤的漢武帝母親成為皇后的最早動因，未能精心描繪衛子夫的出眾品格和後宮生涯，失落漢武帝對待貧賤母親早期秘史的正確對待，未能大力描寫李陵雖敗猶榮的光輝戰爭歷程。此劇也未能成功刻畫像卜式那樣願意資助一半家財給漢匈戰爭的無私富人和治世能臣這樣的動人形象。

　　尤其是未能充分表現大將軍衛青難以企及的人生境界和偉大戰績，成為這部電視劇最大的遺憾。《史記》和《漢書》都在不起眼的地方記載衛青的情

〔註7〕楊生民《漢武帝傳》，人民出版社，2001年，第428頁。

況和當時人的評價,所以連眾多《史記》的研究家也不知這個重要的資料:

> 大將軍遇士大夫以禮,與士卒有恩,眾皆樂為用。騎上下山如飛,材力絕人如此,數將習兵,未易當也。

> 大將軍號令明,當敵勇,常為士卒先;須士卒休,乃舍;穿井得水,乃敢飲;軍罷,士卒已逾河,乃度。皇太后所賜金帛,盡以賜軍吏,雖古名將弗過也。

大將軍衛青尊重知識分子,尤其是「與士卒有恩」,對士兵有恩情。接下來的種種讚揚,都體現了「與士卒有恩」這個中心:

首先,衛青騎術高明,在地形陡峭、植被複雜的荒山野嶺能騎馬如飛地上山和下山,這要靠極其有力的兩腿夾住馬,具有雜技藝術家的高超工夫,才能做到的絕技,是他軍事技藝無人可及即「材力絕人如此」的諸種本領中的一種而已。

將軍的騎射技術高,不僅作戰時對敵有大的殺傷力和威懾力,而且平時訓練軍官和士兵就會有從內行的角度制訂的高標準嚴要求,官兵的軍事技術好,這兩項都能減少傷亡,容易勝敵。他用這麼高的軍事技術訓練士兵和率軍打仗,帶領大家每戰必勝,立功受獎,這的確是衛青對士兵第一個恩德。

其次,號令分明。要做到號令分明,既要公正——讓親信的人攻堅,布置的任務適當,又要正確——尤其是戰場上的戰況瞬息萬變,指揮上小有失誤就造成士兵不必要的傷亡,以後士兵執行命令就要打折扣,將軍就沒有了威信,還要及時,在戰場上用最快速度發布正確的命令,就能及時抓住戰機而獲勝。這也是衛青對士兵的第二個恩德。

第三,大敵當前,他先於士卒,衝鋒在前,而休息在後。冷兵器時代,領兵的將軍個人的武藝、膽略起著決定性的作用,充分體現了「榜樣的力量是無窮的」的真理,鼓舞士氣,莫此為甚。而軍中地位最尊貴的統帥,不惜生命,勇往直前,無私無畏,就充分弘揚了正義戰爭的正氣,他帶頭殺敵,部下尤其是普通士兵的戰鬥豪情就會油然而生,為國立功、顯示自己勇敢和作戰才能的激情極度迸發,部隊的戰鬥力往往能夠超常發揮。這也是衛青對士兵的第三個恩德。

第四,在沙漠地帶行軍打仗,極其辛苦和勞累,他要讓士兵都休息了,自己才休息,也是極不容易的。

第五,沙漠地帶缺水,生命受到嚴重威脅。他要等到挖井後得到足夠的

水，他才「敢」飲。這也是衛青對士兵的第五個恩德。

第六，行軍或退兵時他讓士卒先渡河，自己在後壓陣。古代打仗，渡河最危險。如果大部隊已經渡河，敵軍追上來，最後渡河的人，就有被殲滅的最大危險。大將軍衛青讓士兵先渡河，他親自在後面做保衛，士卒全部過河後，他才渡河。這是衛青對士兵的第六個恩德。

以上六個方面的表現，處處都體現了衛青將士兵的生命重於自己的生命，他將自己的生命去優先保護士兵的生命，這難道不是「與士卒有恩」的具體而卓特的表現？

最後，皇太后給的賞賜，他一分不留，全部給了部下。

不管文臣武將，當一個清官已經不易，而出生入死、吃盡辛勞換來的應該得的賞賜也絲毫不留，全部送給部下而不留給兒子。衛青的這些表現可以說是罕與倫比的。但是衛青的偉大，還不止於此。

衛青功高位尊，卻能一直保持行事小心謹慎，具有遇事忍讓、退讓的態度和風度，胸襟寬闊，待人仁慈，極為難得。僅舉兩例：

衛青任大將軍後，列於九卿的主爵都尉汲黯與他分庭抗禮，衛青不僅不生氣，還愈益認為汲黯是個賢臣，多次向汲黯請教朝廷碰到的疑難問題，比平日給予更高的禮遇。汲黯此人因為經常犯顏直諫，不得久留朝廷為官，不得久居官位，只有衛青能寬容和真誠地尊重他。

李廣死後，李敢怨恨衛青指令其父李廣走東路，從而迷路失期，造成遺恨、自殺的惡果，誤認為是衛青對他父親迫害而造成的悲慘結局，他氣憤難平，竟大膽地報復，打傷了大將軍衛青。

衛青作戰勇武，他如果保護自己，與李敢對打，即使不獲勝，至少也不會受傷。他受傷，是因為他打不還手。他打不還手，有三個原因：

其一，他同情李敢。李廣非正常自殺，作為兒子的李敢極度傷心，在極度的傷心下喪失理智，竟然來打大將軍衛青，善良的衛青同情他。

其二，他尊重李敢。李敢誤以為父親受衛青的迫害而死。他前來報仇，竟然來打大將軍衛青。他報仇的目標不對，報仇的方法不對，但他為了父親冤死，不考慮自己的後果，前來向大將軍報仇。這種孝心，這種維護正義的真心，這種無私的勇氣，善良而富於正義感的衛青是尊重的和讚賞的。

其三，他愛護李敢。李敢是誰？一、他是名將李廣的兒子。愛護他，就是對已經亡故的名將的一種敬重和善待。二、他是軍中的青年勇將，國家需要這

樣的戰將，漢匈戰爭需要這樣的戰將。

於是衛青打不還手，受了傷——這是他第一次受傷，由於他的勇武、智慧，戰場上他還沒有受過這樣的大傷；不僅如此，衛青受此侮辱而且被打傷，他不僅沒有懲處、報復李敢，還大度地將這件事情隱匿下來，以免武帝知曉後懲罰他。

衛青因為外戚的身份，「開後門」得到出戰頑敵強敵這種弄不好要帶頭送死的機會，他全靠自己的勇武、智慧成為漢朝第一個戰勝這個強敵的將軍，而且每戰必勝，功勳卓著，從而拜將封侯，建立不朽的功業。

《漢武大帝》未能全力刻畫這麼一位才華傑出、功勳卓著、品質高尚、人格完美的偉大軍事家，寫出其耀眼的光輝，是非常遺憾的。

《漢武大帝》應該是中國歷史的少數最重大的題材之一，這部電視連續劇失落許多精彩情節和人物的精彩表現，顯示中國當今文藝創作離開世界一流的距離較遠的現狀，也啟示了歷史題材作者的努力方向。

在中國偉大的復興時代創作的優秀作品，有一個重要的任務：應該寫出中國歷史上的英雄人物和知識分子優秀代表的宏偉理想、浩蕩胸襟、昂揚精神和動人風貌。

四、記敘動人的、激動人心的歷史事蹟、故事，提供藝術享受和　歷史反思

中國歷史上有許多動人的事蹟和故事，當今給以成功描寫的很少。

例如唐明皇李隆基和楊貴妃的愛情故事，當年連魯迅也想創作小說（一說是創作劇本），目前也是熱門。可是沒有一部作品能夠寫出李隆基與楊貴妃各自背叛了別人的愛情，李隆基還多次背叛之後，兩人通過《霓裳羽衣曲》的創作和演出，將原本帝王和后妃之間不穩固的愛情轉化為兩個傑出藝術家之間的「知音互賞」式的真摯愛情。但是經過多重背叛背景籠罩的馬嵬坡事件，李隆基為自保而背叛愛情。這次背叛的是知音互賞式的愛情，而且無可替代，李隆基才會對此後悔和痛苦至死。不少作品無視李楊愛情的負面影響，一味予以歌頌，對李楊愛情造成的天寶之亂及其對中國歷史造成的重大的嚴重後果，也未能表現。魯迅對這個複雜的題材也難以把握，未能抓住這個愛情及其失敗的內核，所以只能主動放棄創作，而當今李楊愛情題材的作品都流於泛泛，也即此因。我已有《帝王后妃情愛題材的發展和〈長生殿〉的重大藝術創

新》和《〈長生殿〉和兩〈唐書〉中的李楊愛情新評》〔註8〕兩文詳述此題，此處不再重複。

又如南宋滅亡的淒慘過程和情景，南宋皇室投降元朝後在北方度過的歲月，文天祥和其他義士救國報國的曲折動人的失敗歷程等等，如用文藝作品形式表現，可以提供歷史鑒戒，並給讀者觀眾以生動的愛國主義教育。

五、用現代藝術手法再現和表現歷史、歷史人物和歷史事件，提高藝術創作水平

這也是一個很高的要求，上述提及的作品多為當前頗有聲譽並達到一定藝術水準的佳作，並得到觀眾、讀者一定程度上的歡迎和喜歡。可是中國當代的文藝領域還沒有達到世界一流水平、堪與《三國演義》、《長生殿》、托爾斯泰《戰爭與和平》媲美的偉著巨作。

目前做的比較好的是革命領袖和英雄的題材的作品。例如解放戰爭三大戰役的電影，顯示了中國式的戰爭大片的傑出藝術成就。另如描寫鄧小平的電影和小說《鄧小平・1928》、話劇《陳毅市長》、電影《陳賡遇難》、《陳賡脫險》和電視連續劇《陳賡大將》，電視連續劇《秋白之死》等，在大局尊重歷史的前提下，大膽虛構，故事雖然有的曲折，有的平易，都能做到場景感人，細節豐滿，人物性格鮮明，從而取得動人的藝術效果。

沙葉新的話劇《陳毅市長》用「冰糖葫蘆」式的結構綰連全劇，描寫了多個動人的場面，蜚聲文壇。陳賡大將是一位有著傳奇經歷的革命家和軍事家。電影和電視劇都能寫出他那波瀾壯闊的一生和動人的風采，電視連續劇還以飽滿而靈動的筆調，以實筆帶虛構的高明技巧穿插描繪了陳賡與前妻王根英烈士、繼妻傅雅的相識、相愛和生死戀情，頗為動人。

《鄧小平・1928》（五個一工程獎獲獎作品）的作者顧紹文（谷白）說：「《我的父親鄧小平》是我寫劇本的依據，是我把握鄧小平這個人物的依據，劇本的故事基本是虛構的，虛構也要有一個依據，要不就是胡編亂造了。有依據的虛構指的是它有可能發生的，在當時的環境下，在規定的人物之間，我覺得這是一

〔註 8〕 2005 上海交大和蘇州崑劇院主辦《千古情緣——〈長生殿〉國際學術研討會論文集》，上海古籍出版社，2006 年；又刊《浙江藝術職業學院學報》，2006 年第 6 期；2007 年上海戲劇學院主辦《〈長生殿〉演出與研究（國際研討會論文集）》，上海文藝出版社，2009 年。

個不論歷史題材和現實題材，都要遵循的基本點。」〔註9〕作者圍繞國民黨特務妄圖將在上海的中共中央一網打盡的陰謀和精細計劃，鄧小平運籌帷幄，在粉碎敵人陰謀的同時，保護周恩來、鄧穎超夫婦和出席在蘇聯召開的中共六屆全會的全體代表安全離開上海赴會這個史實，竟然全用大膽而細膩的虛構，組成整個作品的故事，但鄧小平足智多謀、氣魄超群的器度和精彩形象得到頗為完美的體現，極為不易。而顧紹文提出的這個藝術虛構的原則和他說取得的成功創作經驗是值得一切歷史題材的創作者學習和遵循的。

文藝家對待歷史事件和人物，都應與創作中共領袖、英雄和黨史上的重大事件一樣，採取敬畏、鄭重、一絲不苟的態度，才能寫出佳作傑構。

綜上所述，歷史題材的文藝作品只有具有正確的價值觀並給以藝術的有力表現，才能做到創作的繁榮，否則作品再多，價值不高，出現不了傳世作品。而時代需要我們創作出一批具有高質量高水平的傑作、偉作，藝術地表現中國和中華民族的光輝歷史。

收入《文藝繁榮與價值引領》

（中國文聯「第五屆當代文藝論壇文集」），中央文獻出版社，2011 年

〔註 9〕《顧紹文聊天實錄》，《文學會館》，2004 年 9 月 8 日。

論文化自覺與文藝人才的培養

　　國民和文化藝術人才的文化自覺決定了當代中國文化和文藝發展趨勢。而文化自覺是需要倡導、灌輸和培養的，培養的工作是長期和艱難的，因此對國民和文化藝術人才的文化自覺的培養決定了當代文藝發展的趨勢。

　　黨的十七屆六中全會提出「培養高度的文化自覺和文化自信」、「努力建設社會主義文化強國」的嶄新理念，這就從國家戰略層面上提出了偉大民族復興的基礎和目標。

　　這個理念和目標是針對這樣的歷史狀況：20 世紀初前後，因為清政府的腐敗無能造成喪權辱國，中國落入行將亡國的慘景。有識之士奮起，掀起革命的高潮和引進西方先進文化的熱潮。但當時的革命精英誤將傳統文化看做是造成這個慘況的主要原因之一，以反傳統文化和全面以西方文化替代的態度改革教育、文學和文化，直到文化大革命以徹底打倒和清除傳統文化為宗旨，造成中國文化的整體性和傳承性慘遭重大破壞。

　　同時又是針對當今專家指出的這種現狀：「我們坐擁如此博大精深的文化寶庫，卻自願拜服在美歐乃至日韓的淺表性快餐文化之中。一些人尤其是對中國傳統文化缺乏基本瞭解、感知、自覺和自信的新生代，充滿著崇洋媚外的思想，似乎外國月亮真的比中國圓，言必稱西方。一些人在對待民族的歷史、傳統和文化上，非常熱衷地幹著自我懷疑、自我作踐、自我顛覆、自我否定的蠢事。這些年大量珍貴的物質文化遺產和非物質文化遺產被以各種名義破壞、打壓、瓦解、損失與缺乏文化自覺、文化自信關係密切。當前普遍存在的浮躁心態也與缺乏文化自覺和文化自信有莫大干係。」尤其是目前的青少年熱衷於

吃洋快餐、過洋節日，沉迷於低俗的電腦遊戲、流行歌曲等，不僅對傳統的優秀文學藝術不會欣賞也不喜歡，而且對西方的戲劇、歌劇、交響樂、芭蕾舞等高雅藝術也不會欣賞也不喜歡。因此文化自覺的培育是當今的極為重要的任務，而「文化自覺」的培育必須以「文化自信」為前提。

文化自信和文化自覺，要以教育為基礎。中國古代和同期的西方一樣，沒有大眾的普及教育，但精英教育則處於同期世界最合理、最高級的地位，所以培養了眾多人才，出現不少傑出人才〔註1〕，因而社會的文化風氣濃鬱，文化、經濟和科技發展長期領先於世界。

中國精英教育「最合理」和「最高級」體現在學生自幼年啟蒙開始，就學習最合理、最高級的教材：《三字經》、《弟子規》，然後很快即學習、背誦四書五經，兼學古典詩文、作詩方法，在青年階段兼學道家經典《老子》《莊子》甚或佛經等。這些教材，將人應該具備的道德和性格的修養，愛國和愛民的志向，既中庸、謹慎又自由、大膽、形象與抽象結合的思維方式，和歷史、文化知識、語言訓練、文采追求，全套提供給學生，所以學生自小得到文史哲等人文諸學科和作文寫詩，全面精深的訓練。因此從總體上說，中國知識分子和民眾歷來有著愛國愛鄉、熱心公益、忠心報國為民的傳統〔註2〕，心理和性格是健康向上的，憂鬱症患者和非理性的自殺幾近於零。

而20世紀反傳統文化造成的後果是，沒有產生新的國學大師；新中國建立後，「讀好數理化，走遍天下都不怕」的教育傾向，反而沒有培養出一個科技大師〔註3〕。

再以文化創造中對大眾影響最大的文學藝術來說，古代的音樂、舞蹈等，今已基本失傳，可以不論；古代中國領先於世界的文學、戲曲、書畫藝術，20世紀直到文革為止，新文學的發展落在世界一流的水平之後，而且還長期遠遠

〔註1〕 拙著《流民皇帝——從劉邦到朱元璋》第四章第6節和拙編《金聖歎全集》第七冊前言等多篇拙文多有論及，茲不展開。

〔註2〕 拙著《流民皇帝——從劉邦到朱元璋》第四章第6節和拙編《金聖歎全集》第七冊前言等多篇拙文多有論及，茲不展開。

〔註3〕 《百年激蕩，百年呼喚——中國優秀傳統文化教育的世紀回望》（《中華讀書報》，2012年9月26日）：1912年1月起，中華民國首任教育總長蔡元培「下令廢止師範、中、小學讀經科，國學趕出了中小學的課堂，也使得從此以後的一百年間出生的中國人中幾乎沒有一位稱得上『國學大師』。」又：2005年錢學森曾對前來看望的溫家寶總理發出這樣的感慨：「回過頭來看，這麼多年培養的學生，還沒有哪一個的學術成就，能跟民國時期培養的大師相比！」

脫離讀者大眾〔註4〕；戲曲和書畫由於從藝者對傳統心懷敬畏、尊重和熱愛，自覺保持文化自覺和文化自信，故其整體水平和大量優秀成果繼續保持世界一流的地位〔註5〕。如以梅蘭芳為代表的京劇表演體系，西方和日本戲劇權威和觀眾不僅熱愛和崇敬其高超的藝術水平，而且還承認其美學體系有超越西方的高明之處。

　　自 20 世紀至今，長年過於著重數理化和英語教育，輕視語文和人文教育，如今積弊深重，造成學生人文素質差，缺乏道德素養、禮儀規範，沉迷於低俗庸俗的文化。只有少數青少年，能夠欣賞高雅文藝作品。

　　不少人指責「應試教育」，並心儀西方尤其美國的「愉快教育」，以為這是造成科技發達的成功的教育。可是批評者不知，西方國家將普通中小學教育定位為「愉快教育」，這些人長大後承擔社會中諸多基礎服務工作，例如售貨員、修理工、機器和儀表操作員等等，這是社會需要的最大量的勞動力的來源。他們也可自小業餘學習文藝、體育，但以「玩」為主，沒有任何壓力。這些學生由於智力的限制兼或天性喜歡輕鬆、悠閒、閒散，不喜讀書，也讀不好書──再怎樣逼迫和誘導，也培養不出來的，自小以自由玩耍為主，只學一些常識和最基本的工作技能。有許多人甚至連常識也懂得很少。以美國為例：「如今的美國雖然是世界第一科技大國，但其普通民眾的科學素養之差，卻也是出了名的。據調查顯示，至今仍有 31%的美國人相信占星術，18%的美國人仍相信地球是宇宙的中心，25%的年輕人相信阿波羅登月是一場騙局，63%的美國人不知道他們苦苦攻打的伊拉克在世界何處，更有超過 80%的美國人相信政府在羅斯威爾發現並隱瞞了外星人的屍體。因此，科學究竟能不能真正向大眾普及，已經成了越來越多人的疑問。」〔註6〕這是「愉快教育」的必然和正常

〔註4〕瞿秋白《吉訶德的時代》和《論大眾文藝》等文，對新文學提出了嚴厲的批評：「五四式」的文藝作品至多銷行兩萬冊，滿足一二萬歐化青年；在「武俠小說連環畫滿天飛的中國裏面」，新文學作者「反而和群眾隔離起來」。

〔註5〕說詳拙文《論戲曲在中國和世界文學史、美學史上的地位》，中國人民大學報刊資料中心《中國古代、近代文學研究》，1988 年第 11 期；《傳統藝術與當代藝術》，上海社會科學院出版社，1990 年；《二十世紀中國戲曲發展的基本得失論綱》，《藝術百家》，1999 年第 4 期·哈爾濱《藝術研究》，1999 年第 4 期；《1999·哈爾濱·「千禧之交──海峽兩岸 20 世紀中國戲曲發展回顧和瞻望研討會」論文集》，臺北：傳統藝術研究中心，2002 年）和即將出版的拙著《上海美術史》（上海市級課題）。

〔註6〕曹天元《有一種迷信叫「科學」》，上海《東方早報》，2012 年 7 月 22 日。

的結果，美國社會各階層和教育界無人感到奇怪或有質疑。社會需要的是最大量的勞動力，這個龐大的群體，不會欣賞高雅藝術，只能沉浸於流行歌曲、通俗電視劇和電影中，看看球類比賽之類，這是美國流行文化的興盛與強勁的重要背景。

　　但西方國家對於其中少數有培養前途的學生，也自小給予規範的精英教育，同時自覺或在引導甚至逼迫下閱讀大量文史哲書籍，做各類學習和實驗報告，學習各類藝術，而這些完全依據他們自己的興趣、志向和能力進行，並不斷做調整，到大學高年級或研究生階段才最後確定自己從事的專業。因此西方國家，如美國有私立中學（規模很小，師生比例為 1 比 6），法國有「大學校」（頂級大學，但規模都很小）或名校的預科，給以嚴格的高中教育。這些學生由於自小受到嚴格規範的教育，在高中階段已經養成自覺、刻苦、規範的學習習慣，每天苦學到深夜，畢業後競爭進入頂級的大學深造。

　　從法國高考的哲學考卷〔註 7〕、美國中學生必讀書 20 種〔註 8〕的高難度水平，可知西方的精英學生並非「愉快教育」的產物，正像我國媒體所感慨的：「從美國中學生必讀書書目中，我們可以感受到他們絕不受各種時尚和欲望的支配，而是恒定地持守著一種對經典作品的深情。這些作品是人類文化積累中的群峰，它不但反映了真正的人文追求和高尚趣味，而且展示了美國中學生精神世界的獨特風景。置身於這樣瑰麗迷人的世界裏，將培育出什麼樣的靈魂和目光，是不難想像的。」「我們也許會覺得這份『書目』對於中學生來說有些艱深，其實這正反映了他們對自己中學生智力和感受力的充分尊重和信賴。我國中學生的數理化課程普遍難於美國，而在人文文學方面、在感知世界和生活方面，卻又顯得相當的局促和狹隘。」

　　可見，在文化科技發達的西方國家，也只有少數人，才可能經過長期的

〔註 7〕 崇明《法國中學的哲學教育》，《南方周末》，2012 年 7 月 6 日；樊麗萍《中學語文課堂應承擔起一定量的哲學教育功能》，《文匯報》，2012 年 7 月 2 日。

〔註 8〕 美國中學生必讀書書目有政治哲學 7 部：柏拉圖《理想國》、亞里士多德《政治學》和《共產黨宣言》等；古希臘《荷馬史詩》；英美文學 10 部：英喬叟《坎特伯雷故事集》、莎士比亞《哈姆雷特》和《麥克白斯》、彌爾頓《失樂園》等；俄國文學 2 部：陀思妥耶夫思基《罪與罰》、托爾斯泰《戰爭與和平》。《文匯報》較早地刊登，其後《中華讀書報》、《北京青年報》等媒體也刊登了這份書目。媒體稱：因為所選作品都是經過時間的淘洗而被全人類所公認的真正經典，也因為所選作品著實使我們吃了一驚，因而引起了我國方方面面的強烈關注。

艱辛、刻苦的努力，培養成社會和藝術、科技精英；而其中小學教育以人文為主。

溫總理最近在清華大學演講時強調：清華大學以《易經大傳》中的「自強不息，厚德載物」作為校訓，「今天我們要培養和重塑民族的道德理性，就必須汲取傳統文化的精神營養」。錢學森說：「我主張學生多學點文言文。」又曾向溫總理強調，中國沒有第一流的科技家和世界領先的創新成果，是因為科技家沒有精深的文藝修養，缺乏文藝作品培養的想像力，他因此提倡「形象思維與邏輯思維合用」的「大成智慧」，還說：「歐洲是先有文藝的發展後有科學的發展，中國有幾千年的文明史，只要處理好科學與藝術的關係，完全可以在文學藝術與科學上都超過外國。」又曾說：他向夫人蔣英學習音樂藝術，其中「包含的詩情畫意和對於人生的深刻理解，使我豐富了對世界的認識，學會了藝術的廣闊思維方法。」並用以「避免死心眼，避免機械唯物論，想問題能夠更寬一點、活一點。」〔註9〕楊振寧也說其父「發現他有數學方面的天分，不但沒有極力地把他向那個方向上推，反而找人來教他念《孟子》，擴展他歷史古籍方面知識的層面，是使他終生都大為受用的一件事情。」〔註10〕

筆者一貫認為，繼承古代中國教育的優秀成果，在這個基礎上學習西方經驗，並作出創新，才能辦成有我國特色的世界一流大學。筆者是最早提出中小學設立戲曲欣賞課程、最早提出文藝人才培養新方法的學者〔註11〕。近年我國教育部對中小學的教育內容已有非常值得稱道的重大改革：一是增加語文課中的文言文比重，增加課餘背誦古文和古典詩詞的分量；二是編出一套《論語選讀》等中小學的國學課本，在全國做試點式推廣；三是推廣戲曲欣賞教育和鼓勵藝術愛好的業餘欣賞和學習。因為這些措施是全面推廣的，所以這

〔註 9〕 《錢學森同志言論選編》，《光明日報》，2009 年 12 月 1 日；李榮《一本可以改變人思維方式的書》，《中華讀書報》，2009 年 11 月 4 日；《錢學森喜度 96 歲華誕》，《光明日報》，2007 年 12 月 12 日；夏琦《曾同唱〈燕雙飛〉今重逢在天堂》，《新民晚報》，2012 年 2 月 7 日。

〔註10〕 《教育、科學、創新，光明日報記者對話楊振寧先生》，《光明日報》，2012 年 7 月 5 日。

〔註11〕 參見上海市副市長劉振元、上海市文化局長為負責人的上海市級重大課題項目報告《振興上海戲曲對策研究》（1989）中筆者撰寫的《戲曲教育》，此文在《上海教育報》介紹並得到上海市教委的採納；又見拙文《文藝人才成長模式和環境研究》（1999），上海市哲學社會科學規劃辦公室編《上海文化建設跨世紀的思考與探索——「迎接文化建設新高潮」調研成果集》（上海市級重大項目），上海人民出版社，2000 年。

樣的改革方向，是我國的中小學義務教育繼承發揚優秀傳統所作出的重大創新，並且糾正了西方拋棄最大量的平民子弟的「愉快教育」的不足。

筆者一貫認為當今中國文學藝術沒有達到世界一流水平，首先是作家和藝術家沒有繼承中國傳統文化和文學的優秀傳統造成的。以當代中國文學「垃圾」論的誤傳而震驚中國文壇的德國權威漢學家顧彬認為「中國文學未達世界一流的根本原因是作家不懂外文、不能閱讀西方名著」，這個論點有重大偏頗，為此筆者於 2008 年 9 月在上海外國語大學主持了與顧彬的座談〔註12〕，提出了我的上述觀點。顧彬接受了我的這個觀點，此後他與中國學者對話交流時，介紹了這個觀點的部分內容：「他們（指中國作家）的問題在哪兒呢？他們對中國古典文學、哲學瞭解不夠。這幾天我有機會跟上海外國語大學的老師探討這個問題，他們認為中國當代作者看不懂中國古典文學，所以他們沒有什麼中國古典文學的基礎。」〔註13〕並又撰文復述我的部分觀點說：「不少人在中國的現代性中感覺無家可歸。這種無家可歸的感覺始於 1919 年的五四運動。那時人們認為，可以拋棄所有的傳統。當代中國精神缺少的是一種有活力的傳統。也就是說，一種既不要盲目地接受，也不要盲目地否定，從批評角度來繼承的傳統。1919 年在中國批判傳統的人，他們本身還掌握傳統，因此他們能留下偉大的作品。但是他們的後代不再掌握傳統，只能在現代、在現存的事物中生活、思考、存在……」〔註14〕

文化自覺和文化自信是要叢小培養和灌輸的，人文經典的學習需要自幼必要的背誦和終身反覆鑽研。文藝人才的文化自覺培養還必須制定措施和目標。我認為可採取以下措施：

自小學一年級起，作為首要的重點課程，學習和背誦國學名篇和古典詩文，進行民族藝術教育，引導和指導學生學會欣賞各類民族藝術，中學起兼學西方的高雅藝術欣賞。

對中青年文藝工作者給以有規劃、有一定考核制度（如培訓班結業和在評定職稱時進行考核）的國學基本經典和古典詩詞文的欣賞、學習的培訓，並以此作為他們終身學習的目標，而不是僅僅舉辦效果甚微的傳授創作經驗的培訓班；高

〔註12〕 參見《與德國漢學家顧彬座談紀要》，周錫山主持、王幼敏記錄，法國巴黎《對流》總第 6 期；收入《中國文學與世界論集》，花木蘭出版公司，2023 年。
〔註13〕 顧彬·劉江濤《我的評論不是想讓作家成為敵人》，《上海文化》，2009 年第 6 期，第 111 頁。
〔註14〕 顧彬《中國學者平庸是志短》，《讀書》，2011 年第 2 期。

校向他們免費開放旁聽課程。

如此的培養方向，將決定中國文藝發展的如此新趨勢：中國最廣大的民眾包括自然科技工作者多將成為民族文藝作品的欣賞者和愛好者，並形成一個極大的觀眾群體，從而使高雅文藝作品配備一個世界最大的消費市場；古今優秀的文藝作品哺育了科技工作者的出眾的想像力，輔助其中的佼佼者達到本專業的世界一流和領先水平；湧現大量的優秀的文化創造者、保護者和管理者；尤其是從最大量的青少年愛好者中選拔和培養文藝創作者和拔尖人才，並產生一批世界一流的藝術大師，產生一批世界領先的優秀成果和偉大作品。

綜合以上的努力，就可以實現我國當今文化發展的新目標：「在以發達國家為主導的全球性規則面前，建構起我們國家和民族高度的文化自覺和文化自信，展示中國無可替代的文化魅力，贏得世界文化話語主導權」；中國新時代的偉大文化新創造，為世界文化的發展做出我們無愧於前人的應有的領先性的偉大貢獻。

收入中國文聯理論研究室編，中國文聯「第六屆當代文藝論壇文集」
《文化自覺與當代文藝發展趨勢》，中央文獻出版社，2012 年

文藝人才成長模式和環境研究

一、總體思路

藝術人才的成長模式可歸納為：早熟型、晚成型；專業教育成長型、業餘教育成長型和自學成才型以及以上兩或三種的結合型（即先自學、業餘學習，後轉入專業學業或反之等）；固定型（自幼少年至成年學習和從事同一專業）和變化型（青年以後轉行，如演員改做導演、編劇等）；專長型和通材型；普通型和天才型。根據以上對比性的五組分類，上海應結合各類藝術人才以適當的教育方式和途徑，幫助其有效成長，培養上海的合格藝術人才、優秀藝術人才，並爭取從中出現一批藝術大師、少數藝術天才。

為實現這個目標，上海可以從專業藝術教育、業餘藝術教育、普通藝術教育和涉外藝術教育四個方面著手，以廣種博收、好中取優、網絡結構、苦學優酬的思路，實現各類藝術人才的順利成長。

專業教育

上海在原有的上海戲劇學院、上海音樂學院、上海大學美術學院的基礎上，另外再利用原有上海戲校、舞校、馬戲學校的基礎，發展系統性的原先缺門的專業教育。創辦藝術小學和附屬初中，歸入以上三校，讓學生在完成九年制義務教育之同時，學習戲曲、舞蹈、馬戲的專業基礎或專業，藝術業務合格者升入中專，不合格者在小學畢業或初中畢業階段分流出去，進普通中學或其他職校。中專畢業者，考入原計劃即將創辦的藝術學院；有條件深造者，經考試錄取後可繼續進入大學本科和碩士、博士階段學習。戲曲編導演、舞美、戲曲音樂、戲曲，舞蹈和馬戲的相關專業都可在今後三年內辦成大專、本科，五

到十年內辦成碩士、博士點。藝術理論和評論專業可爭取在三年內辦成碩士、博士點。

業餘教育

分兩個層次：其一是業餘院校，其二是私人教學。業餘院校方面，以上海藝術學院為基礎，創辦上海藝術學院成人學院，包括附小、初中、附屬中專，直至大學，設置與藝術學院全日制相同的專業，培養各類人才。其二是私人教學，要克服目前無序、無法狀態，要根據教育法或創立新的地方教育法規，由上海藝術學院建立相關機構，考核、培訓教師，並對於私人或學會等建立、創辦的業餘藝術學校也加強管理、考核和監督。

涉外教育

上海藝術學院的附小、初中和業餘小學、初中，要主動、努力吸引在上海的外籍人員子女接受藝術教育尤其是民族藝術的教育（如中國書畫、戲曲、民族舞蹈等），包括港、臺在滬人士之子女；中專、大學和研究生班更應努力招收外國留學生和臺港青年，包括外國博士生的學分課程（一般是一年期的），培養藝術人才，弘揚中華文化。其中優秀畢業生和希望在上海工作者（長期、短期），應創造條件提供機會，歡迎他們加盟上海的藝術事業。

現有專業藝術人才，市文化局、廣電局可有計劃地分期分批組織考試，鼓勵和督促他們進入藝術學院學習，入學考試合格者為正式生，不合格者或不參加考試者為旁聽生，使中青年演職員取得大專、本科和研究生學歷。

對於各類在職藝術人才（數年後全為大學畢業生）實行終身教育制度，定期輪訓，不斷充實更新其專業知識；或以研討班形式，學習名著、討論新作，發揮集體智慧，促使力作、大作、傑作、傳世之作的產生，同時培養出一批名家、一小批大師，使上海的藝術處於和保持中國與世界領先地位。

上海的小學、初中在開好原有的美術、音樂課外，應普設戲曲欣賞、學唱課；高中階段也普設藝術知識和欣賞課。將普通教育中的藝術教育課作為素質教育的必修課，將藝術教育作為知識教育、素質教育、思想教育的結合課來開設，將上海的中學生培養成德智體美全面發展的 21 世紀新公民。在大學中也開設各類藝術的選修課，從中培養大批觀眾和業餘愛好者，淨化上海的精神生存環境，使多數人不沉溺於麻將，具有欣賞高雅藝術的能力和習慣、癖好，湧現大批業餘藝術演創人才和評論人才，取得廣種博收的成果。在大批愛好者

中，也會產生眾多業餘藝術人才、業餘藝術輔導人才和少數傑出藝術人才，充實專業隊伍。

以上四種教育形式形成立體交叉、並列互補的藝術教育網絡結構，以適應各類藝術人才的成長模式之需求。

二、難點和重點

上海需要創辦一個高層次的藝術學院，這是上海三年文化發展的難點和重點之一。

上海作為一個國際性的特大型城市，國家又確定上海為金融、經濟、貿易三個中心，在 20 世紀上半期上海曾是全國的一個文化中心，現在又將發展為國際性的文化交流中心，因此上海的文化結構應該完整有序，尤其是高層次的藝術院校必須有完整宏大的教育體系，在全國和國際上取得領先的地位並創造前瞻性發展的契機。上海目前已有上海戲劇學院（培養整套的話劇和影視人才，包括表、導演、舞美，編劇和理論研究等專業人才，具有大專、本科、碩士、博士四種學制或學位課程）、上海音樂學院（培養整套的西洋和民族音樂人才，包括作曲、演奏、演唱和理論研究等專業，具有附小、附中、大專、本科、碩士、博士諸學歷與學位）、上海大學美術學院等高校，和華東師大藝術系、上海師大藝術系培養音樂和美術專業的中教人才。唯缺培養民族傳統文化中占極為重要地位的戲曲和民族舞蹈及西洋芭蕾舞、木偶劇等人才的藝術高校。20 世紀的西方諸國，連木偶劇專業也設置博士學位，可見其對文化藝術之重視。江澤民總書記在黨的十五大報告中將文化作為綜合國力的重要部分，黨中央又一再強調弘揚民族傳統文化。以此精神為指導，上海的文化發展應將藝術學院之創辦列入盡快實施的計劃之中。根據國內藝術事業的目前狀況看，只有北京、上海最有必要，也最有條件創辦以民族傳統藝術為主要培養、研究目標的藝術高校。而北京已於 10 餘年前建立中國戲曲學院和舞蹈學院，前者已設立大專、本科、碩士研究生三種學制。上海藝術學院的創立計劃也已醞釀和討論多年，國內外也有諸多藝術專業的學生（包括哈佛、耶魯等名校的博士生）和現職人員寄希望於上海設立藝術高校，獲得培養和進修的機會；尤其是崑劇和江南地方戲諸劇種的人才培養，北京藝術高校是無法承擔的。

上海創立藝術學院目前已有兩個緊迫性；其一是各劇種（包括曲藝）人才青黃不接；現有藝術人才只有中專學歷，文化素質太低，缺乏必需的理論修養，其藝術競爭起點遠低於有本科甚至有碩士、博士學位的話劇和影視專業的藝

術人才，不僅其個人的藝術發展受到很大制約，而且對於弘揚民族文化的大局也非常不利；目前各劇種藝術人才流失也與此有關，各劇種的藝術總體成就與建國初期相比遠較落後，此亦為主要原因之一。為適應時代的發展，適應改革開放時期我國高校的最高學歷已自本科提高到碩士、博士的格局、配合當前全國高校的辦學體制和結構的改革與調整，有必要迅即創立藝術學院。其二是各劇種可作為教授的老一代傑出藝術家，還有最後數年歲月可搶救，失去這個時機就將無法挽回。以京劇、崑劇為例，建國後培養出來的最早的一批藝術家如王夢雲、李炳淑、計鎮華、梁谷音等皆剛過或將近 60 歲。他們雖然學歷只有中專，但這一代人是目前演藝水平最高、最富實踐經驗的藝術家，並親炙過前輩大師的教誨和風範，是目前藝術傳薪的最佳導師。如立即開辦藝術學院並禮請他們當大學教授，就像百年以前北京大學清華大學等初創時，不計學歷，禮聘有真才實學的專家如王國維、梁漱溟等當大學、研究院教授一樣，為今後的高等藝術教育開創局面是必要的，也是能成功的。地方戲如越劇、滬劇、錫劇和曲藝中的評彈，都是如此。再過幾年這批藝術家年近或年過 70 歲，再請他們任教，他們就會力不從心了。

根據國內外的文化、藝術和學術發展的歷史與現狀所提供的經驗，我們可掌握這樣一個規律：任何學科和藝術門類，只有以高校的教學與研究為核心和指導，即建立「學院派」的藝術和學術高地，才能取得實質性的發展並保持持續發展的強勁勢頭，否則遲早難免於衰落和消亡。

上海如果興辦藝術學院，必須立即進入制高點，辦成真正高層次的藝術高校，即以本科大學生為學校培養的主體，下有附小、附中、大專，上有碩士、博士培養點，形成一個完整的藝術教育體系，才能適應時代的需要。如果僅辦大專，面對一般高校多具本科、碩士、博士學制而言，其在現代教育格局中的地位仍如三四十年前僅辦中專，因為當時高校一般只有大專、本科兩種學制。如果僅辦大專，將嚴重限制和挫傷藝術人才的上進心和教師的積極性；失去目前這個歷史機遇，上海在這方面將很難有大的作為。而抓住這個機遇，上海增加了一個文化發展的重要基點，有很大很深遠的意義。

上海必須盡快培養藝術的欣賞群體和消費群體，以形成一個較大的健全的文化市場，這是又一難點和重點。其主要目標是將青少年市民和學生提高到具備欣賞民族和外來高雅藝術如京劇、崑劇、話劇、藝術電影和電視、民族音樂和西洋音樂（交響樂、歌劇）、民族藝術舞蹈和芭蕾舞的水平，改變目前只喜歡

和只能聽流行歌曲、看通俗電視劇的狀況，增強青年市民和大中小學生的文化
素質和審美能力，豐富大中小學素質教育的內容。過去由家長帶領少年進入劇
場，自小培養對戲曲、評彈、音樂的愛好；由於文革的毒害，造成觀眾的斷層，
因此現在和今後一個較長時間內觀眾的培養任務必須由學校承擔。其中中小
學生因為開發期早，可塑性強，通過藝術欣賞課程的開設和課外藝術活動的開
展，能大面積地培養出高層次的文藝欣賞愛好者，10 年以後他們踏上社會後
有了獨立的經濟能力，便會成為數量可觀的文化消費者，成為文化市場的「買
方」，從而反過來促進上海文藝人才創作的積極性，形成藝術繁榮的局面，並
能長期持續這個局面。經過 50 年的努力和積累，在下世紀中期我國達到預期
的經濟發展目標即世界上中等發達國家時，上海可從國際文化交流中心上升
為我國甚或國際文化中心之一；文化的高度發展將會促使上海在全國率先進
入高度現代化甚或在科技、經濟上取得世界性領先成就的偉大城市，從而為有
中國特色的社會主義建設作出卓特貢獻。反之，市民文化水平低，精神素質差，
是現代化進程的嚴重障礙。只有精神文明和物質文明同時發展到高度水平，才
能達到一個國家和城市的現代化。上海應為此作出貢獻，在全國起表率作用。
市民文化水平高，藝術鑒賞力強，才能鼓勵和促進藝術人才的成長，給藝術人
才的成長和優秀藝術人才隊伍的生存提供良好的生態環境。

綜上所述，在創辦藝術學院（主要培養戲曲、舞蹈等專業的編、導、演及理論研究
人才）之後形成的高等藝術院校的完整布局和大群高層次文藝愛好者和消費者
這兩翼翅膀，上海的藝術人才才能成長和起飛，他們不但能在上海的藝術上空
飛翔，而且以上海為強大的基地，飛向全國和世界，讓上海的社會主義文藝為
中國和世界文化史作出應有的重大貢獻！

三、可操作性的措施之設想

（一）關於上海藝術學院

可創辦獨立的上海藝術學院〔註1〕；或由復旦大學、華東師範大學這兩所
文科力量強的高校中的一所建立一個二級學院——藝術學院。

〔註 1〕1 本課題於 1999 年完成後，這個建議已經實施，上海有關領導部門將上海市
戲曲學校、上海市舞蹈學校合併，成立上海師範大學藝術學院，並設立話劇表
演、評彈表演專業。2002 年，藝術學院劃歸上海戲劇，學院，分別成立該校
的二級學院——戲曲學院和舞蹈學院。上海市馬戲學校依舊單列。在上海大
學和華東師範大學等擴建或美術學院，在上海大學建立電影學院等。

　　藝術學院設立戲曲系，舞蹈系，馬戲和雜技專業，藝術理論專業，戲曲音樂專業，藝術教育系；培養編劇，導演，演員，戲曲和曲藝作曲，藝術理論研究和藝術教育人才。

　　藝術學院的學制分大專、本科、碩士研究生和博士研究生四種。其中藝術理論、戲曲音樂、藝術教育在藝術學院創辦時即設立以上四種全套學制；編劇、導演設立大專、本科兩種學制。戲曲（評彈和木偶劇等也附入）和舞蹈的表演專業，先招大專生，二年制；兩年後設立本科學制，這批大專生畢業後部分學生考入或直升本科，再讀兩年，同時招收上海和國內外其他有大專學歷的學生和在職人員；兩年後設立碩士研究生學制，這批本科畢業生中的少量優秀者考入或直升研究生，同時招收上海和國內外其他有本科學歷的學生和在職人員；三年後設立博士研究生學制，這批研究生中取得碩士學位者，經過考試和直升，錄取 1～5 名攻讀戲曲表導演、舞蹈表導演及研究的博士學位。也即用 10 年時間，形成大專、本科、碩士、博士的完整有序的高等教育體制。中專、大專、本科及以上學歷，招生數呈寶塔形，高層次的學歷教育必須堅持少而精的培養原則。

　　各系科、專業的各級教師（講師、副教授、教授和研究生導師）向上海和全國招收，少量為專職，大部分為兼職。除戲曲、舞蹈表導演專業的教職外，青年教師（講師）必須有博士學位並經藝術學院委託專家組對其進行考核、考試、面試才擇優聘用並升級；35 歲以上年齡段的必須是副教授，45 歲以上年齡段的必須是教授並取得較多較有影響的科研成果者。

　　戲曲和舞蹈的表導演正副教授，以上海戲校、舞校的原高級講師中的優秀者和藝術團體中一、二級演員中的優秀者為主體，根據實際情況聘為專職或兼職正副教授；同時在全國範圍內招聘專職和兼職正副教授。這批正副教授一面從事大專教學，一面接受文化、教育法、文藝理論的培養，其中成績合格者兩年後出任本科學制的正副教授（其他的繼續留任為大專階段的正副教授），其中成績優良、教學出色者再過兩年後出任碩士研究生學制的正副教授，其中少數藝術造詣高、影響大的傑出藝術家，以後與文藝理論專業的教授一起，指導博士生並爭取成為本專業的首批博士生導師。在本校和國內其他高校培養的具有研究生學歷的本專業畢業生中選拔優秀者，隨時充實到教師隊伍中；在讀碩士、博士研究生也可承擔部分本科生的專業教學任務，並將教學報酬用獎學金形式資助其繼續深造。該專業的師生至少有一半時間用於演出實踐，演出實踐

作為一門重要課程並給以足夠的學分（教師則計入工作量）。

上海藝術學院必須徹底破除門戶之見，打開圍牆，最大限度地吸收全國各地的高級藝術人才，聘任其為兼職或專職教授。如崑劇專業應吸收江蘇省崑劇院、浙江京崑劇院、蘇州崑劇院和北方崑曲劇院的成名藝術家、研究家來校任教開課。京劇、地方戲（包括蘇州評彈）和舞蹈，都應如此。任教可以是長年的，也可以是短期的；可以開一門課，也可以開幾門課，也可以只傳授一齣戲。其中有志於在上海發展自己藝術事業的優秀演創人員，可正式調進藝術學院，長聘為專職教授或教員。

無論專職或兼職、上海或來自外地的教職人員，都可根據自己的專長和成果，經學院學術委員會審定批准，建立工作室、教學或研究中心，在院刊內發表學術或教學論文，資助其出版教材或專著。

上海藝術學院各系科、各專業、各種學制都向上海和全國的在職演藝人員開放，經過公開招生、考試和公平錄取，提供學習和深造機會；就讀方式可以全脫產、半脫產或業餘進行；考試不及格或未經考試者可吸收為旁聽生，或用寬進嚴出方式提供培養或獲得學位的機會；同時成立成人學院，向全社會開放，招收各種學制的學生。藝術教育專業的招生對象除高中畢業生、藝術中專畢業生外，可面向上海和全國的在職中小學教師。

最後，也是最重要的是，上海藝術學院的領導班子由文藝理論家、表導演藝術家、藝術教育家組成，其院長則以事業心強、有創見、有魄力、懂教育並有較高學術水平的理論家或有很強理論水平的演創家擔任為最適宜。

（二）關於藝術小學、初中和中專的藝術教育

與藝術學院相銜接，可創辦藝術小學、初中，辦好原來三所中專，完善為完整的藝術教育體系。將小學、初中和中專都附屬於藝術學院，因此小學、初中、中專和大學階段，都可向全國招生，小學、初中更可著重向江浙兩省招生（住讀，但利用滬寧、滬杭高速公路，雙休日可回家團聚），網羅人才，擇優留上海繼續深造和工作。招生制度靈活，除各個教育階段都招生外，還允許插班生、跳級生等。

繼續辦好上海音樂學院附中和附小，並向江浙和全國招生，擴大少年音樂人才的吸收面。藝術小學、初中和中專以及音樂學院附小、附中的學生，在文化課程方面必須確實完成國家九年制中小學義務教育，達到高中畢業的水平。這不僅保證這些學生具有同學齡階段應備的文化素質，而且可便專業上

缺乏培養前途或改變學習志願的學生能順利轉入普通初中、高中學習，參加普通高校的高考。

（三）關於社會和私人藝術教育

對於社會、學會和私人建立的業餘藝術學校要加強管理、考核和監督。

建立民辦、私立藝術學校和私人藝術教學的教師執照制度。由上海藝術學院建立相關機構，機構內專家除本院委派若干人士外，又以適當比例聘請上海藝術研究院、上海戲劇學院、上海音樂學院及本市其他高校的專家教授，培訓和考核教師，合格者發給教師執照，有教師執照者才能應聘為業餘藝校教師和私人教學。

由上海藝術學院會同上海藝術研究院信息研究中心，建立電腦網絡，對具有執照的藝術教師進行科學監督和管理，控制招生數量、學費標準，教育進度和質量。

完善業餘藝校和私人教育的教職員工的個人所得稅收制度；上繳的稅收由稅務部門返回給上海藝術研究院，設立藝術研究基金，支持高雅藝術和基礎理論的研究。

（四）關於培養觀眾（文藝消費者）和大中小學生素質教育相結合的措施

德智體美全面發展是各先進國家培養學生的目標，而藝術教育是美育的主要內容。上海可率先將大中小學學生必須接受藝術教育的規定立入地方教育法規，以法保證藝術教育的實施並確保其教育質量。

藝術教育突出中國的民族傳統藝術（突出本國傳統藝術是世界各國的共同慣例），也重視西方高雅藝術的欣賞和學習，吸收全人類的藝術精華。

中國民族傳統藝術以戲曲藝術為主。具體措施之實施可分以下三個方面：

1. 普通教育

在小學和中學開設戲曲和其他中西藝術欣賞課，每週 1～2 節；講授戲曲知識，輔導戲曲優秀作品欣賞。由上海藝術研究所（院）會同上海有關單位編寫小學戲曲知識與欣賞教材和教師用書；由上海藝術研究所（院）會同上海有關高校編寫中學教材和教師用書，使之規範化和系統化。由市文化局文化音像出版社配合以上教材，發行形象教育資料和戲曲名作音、像帶和 CD、VCD 片，供學生觀摩、學習；由戲校、劇團定期為學生組織戲曲教育和觀摩活動。

由戲校、劇團會同市和區、縣少年宮及重點中小學校，建立戲曲興趣小組，培養和發掘表演人才。

本市高校文科各系將戲曲鑒賞列為必修課，將戲曲評論和理論列為選修課；在各理工醫農高校普設戲曲鑒賞、戲曲評論和理論、戲曲文學和戲曲史三門選修課。鞏固和發展昆京劇愛好協會，建立上海高校師生的愛好者、學術性機構，由上海藝術研究所（院）組織本所（院）和高校內專家編寫有關教材。戲曲文學的鑒賞內容主要為元雜劇和明清傳奇；戲曲名作欣賞，小學和初中以京劇、地方戲（包括滑稽、蘇州評彈）為主，中西舞、歌劇為輔；高中、大學以昆劇、京劇為主，中西其他高雅藝術為輔。

由市文化局、藝術研究所（院）、上海劇協與上海人民廣播電臺、上海電視臺合作，開展大中小學生戲曲演唱競賽，以及戲曲評論、理論文章的評獎活動，活躍氣氛，提高學生求知的積極性。

2. 社會教育

由市文化局群文處、戲校牽頭，組織和加強戲曲業餘愛好者團體，開展多層次多形式的活動和競賽，提高參加者的興趣和水平。

廠、商、農、機關等企事業職工，由工會和區、縣、街道文化局、站組織每月觀摩戲曲演出或 VCD 錄像一次，形成制度，引導職工欣賞和熱愛祖國的傳統文化，豐富和引導職工的正當文化生活。規定觀摩的劇目必須是思想性、藝術性俱佳或內容無害、藝術上上乘的珍品，規定的劇目由專家和有關領導共同審定。觀賞形式為演出與音、像結合，劇場觀摩與劇團上門演出結合；內容則強調古典作品和當代戲劇相結合。昆劇名作和京劇名作做到家喻戶曉，形成中青年職工人人觀賞、個個瞭解、高度普及的興旺局面。

上海將在國內外率先進入老年社會，老年人的文化生活是歡度晚年的最重要內容之一，要大力組織離退休幹部、職工的戲曲觀賞活動。可以地區為單位，送戲上門，組織離退休者每月看戲一次，每週看 VCD 一次。觀看前可講解有關知識和欣賞輔導，演出由文化局組織，VCD 片由文化音像中心安排出租；觀看者請街道里弄和市區老幹部局、退管會組織。

與駐滬三軍、武警部隊聯合進行戲曲的觀賞和愛好者活動，豐富部隊官兵的文化生活，作為擁軍活動的一個內容。

3. 外向教育

與中國旅行社上海分社合作，切實組織好外國、港澳臺旅遊者的戲曲觀

賞、戲曲講座等活動。

與本市各高校留學生辦公室共同組織留學生的戲曲觀摩和講座等活動，將戲曲列入留學生漢語和中國文化的必修課程，並給予學分。創造條件，直接招收外國大學生、研究生來上海學習戲曲和中國民族舞蹈。

崑曲和京劇以及一些地方戲的優秀劇目，製成用外文（英語為主，也可搞日、法、德、西班牙文）講解、配以唱詞的外文譯文的 VCD 像帶，在各賓館出租並發行全世界。主動推銷給國外著名高校、圖書館、音像館、電視臺或與他們交流像帶、資料。此外，可委託上海藝術研究所（院）主編適合外國人用的教材或輔導材料，配合 VCD、錄像帶，發行全世界，培養外國觀眾。

（五）青年藝術拔尖人才的終身教育導師制措施

上海在戲曲、舞蹈和話劇、音樂、影視、美術諸領域中，選拔 20 名最拔尖的跨世紀青年人才，為其指定終身教育的導師；導師在市委宣傳部所屬各系統中選擇，每位導師指導 4～5 位拔尖人才，由專項基金撥款，給導師以較高報酬。

拔尖人才的終身課程分三類：一類為基礎課程，學習文藝理論、文化理論、名著片段選讀；一類為專業基礎課程。以上兩類課程可集中辦班學習。第三類為專定導師給予指導的名著學習課程。閱讀中外文學和文藝理論的經典著作，讀深讀透，撰寫詳細閱讀筆記或評論。定期交流、討論和評審。

學習努力、進步顯著者給予登報表揚，夠發表水平的學習筆記、劄記、評論可與報刊發表或彙集成書出版；學習消極、不遵守學習制度的及時給予批評，屢教不改的高職低聘或降低其職稱。

對進入藝術學院學習的拔尖人才，在獲得碩士、博士學位後，仍需實行導師制的終身教育制度。

導師制的拔尖人才終身教育的內容是文化和理論教育，以求極大地提高其文化和理論素質，從而使其有可能作出自己新的藝術創造，並爭取成為 21世紀的藝術大師。

> 上海市哲學社會科學規劃辦公室編《上海文化建設
> 跨世紀的思考與探索——「迎接文化建設新高潮」
> 調研課題成果集》，上海人民出版社，2000 年

文藝理論與評論的
重要作用和近期的應有作為

　　黨的十五大報告將文化作為綜合國力的重要組成部分，並將文化建設列入國家重點發展的重要事業，是非常正確的。未來的 20 世紀，是和平發展的時代，各國在經濟得到高度發展後，唯有文化高度發展，方能保持領先地位。文藝理論則是文化中的一個重要組成部分。由於追求藝術享受是人的天性之一，文藝理論和評論對人們的藝術享受起著指導作用，對藝術作品之創作起著指導作用，故而文藝理論和評論在文化建設中具有不可或缺的主要的地位。但是文藝理論和評論的重要作用和真正意義，在文藝界的某些領導、創作者和欣賞者中尚未引起真正的重視，由此本文就以下三個內容略述一己之見。

一、建立上海公正嚴格的文藝評論學風

　　文藝評論必須形成公正嚴格的良好風氣，以推動和指導藝術創作的發展。

　　上海是國內外文化的交流中心之一，除上海的文藝院團外，國內外文藝院團來滬的演出和交流也佔了很大的比例。目前上海的戲曲、音舞的演出場次位居全國第一，電影電視的放映、播出出片集，也名列前茅。面對這個情況，上海理應建立公正嚴格總結經驗得失，指導廣大觀眾正確、到位地欣賞藝術作品。

　　但是現實狀況不如人意。不僅上海如此，全國也都一樣，人們不滿於「批評的缺席」。不是報刊上不發表評論文章，而是目前的許多文藝評論文章，從總體上來說，並未起到評論的作用。因此《文藝報》和一些國家級的重要報刊都批評了文藝評論的這種狀況。

　　造成這種狀況的原因有三個方面：其一，由於稿費低，發表難，講真話難。對一個作品的缺點尤其是重大缺點作實事求是的批評，會得罪方方面面，對評論者自己有百弊而無一利，因此不少專業評論者退出了文藝評論的園地，形成「批評的缺席」。其二，由於某種原因，報紙上提供文藝評論的版面很少，長篇評論更無可能發表，剩下的有限版面則基本上被各報文藝記者承包了，專業評論者發表文章的空間很小。其三，有些能享受發表評論空間的評論者，或因某些原因亂捧某些作者或作品，或因水平不高而倉促撰文，角度不新，開掘不深，甚至淪為宣傳廣告或劇情介紹。

　　在評論方面，有關領導、評論家和發稿編輯都亟待提高水平，目前批評的缺席和失衡是這三方面水平都不盡如人意而造成的，其中的關鍵，當然是有些評論者的缺乏骨氣和水平不高。報刊應該提倡百家爭鳴，報刊編輯更應該提高識別能力，有時還要抵制人情、權力和金錢的影響，編髮觀點公允、見解精到、富有文采的評論文章，杜絕亂捧亂罵、水平低下的評論文章。

　　上海文藝院團中，文藝評論工作做得最好的是上海人藝。他們長年堅持召開作品座談會，出版《話劇》雜誌，團結本市高校、文學所、藝術所的專家學者，討論其上演作品之得失，發表座談內容和評論文章。市文化局要及時總結、發揚上海人藝的正確做法，出版一種評論刊物，探討和評論所屬院團上演和即將上演的劇目，並在財力上給評論工作以支持。

　　同時，為提高上海文藝評論的水平和形成良好的批評風氣，建議市委宣傳部會同出版局，組織專家學者每年回顧，審評一次上海主要報刊發表的文藝評論文章，包括記者所寫的評論報舉，對好的給予表彰、獎勵，對差的給予批評指正；每過 3 至 5 年再來一個較全面的總結回顧，並用論文形式，點名點文地給予已發評論以再評論。目前要對 1988 年以來的文藝評論文章作一次回顧、清理和總結，這樣，前幾年胡亂吹捧某些作品的評論，包括將頗有藝術成就的藝術作品抬高到大著、巨著、「劃時代」等的失準文章，作一次曝光，以示前車之鑒；認真嚴肅地分析作品並給以恰當評價的文章，可以收集出版，以顯示上海文藝評論工作的業績。有些具有典型意義的亂評文章也收入集內，並附再評文章，以警示後來者，如此則無人再敢心血來潮、信口開河地撰文發論，以樹立文藝評論界的優良學風。

二、重視文藝理論對藝術創作的指導作用。

　　自 19 世紀末至 20 世紀 50 年代，京劇的演員中心制是因為當時有幾百個

戲可演，劇本不成問題。現在老戲失傳或過時，「劇本荒」成為關鍵，當然仍應回到劇本中心制。有了好劇本，便於新演員成名，給大家名家提供發揮才華的基礎。

重視文藝理論的指導，首先當然是以毛澤東和鄧小平理論作指導，當然具體專業的文藝理論的指導也是不可或缺的。如以文藝理論來指導抓創作，市文化局領導就必須首先重視編劇。因為劇本是一劇之本，只有產生好劇本才可能發揮導演、演員和其他創作人員的作用，帶出好的藝術家。如余雍和的《璿子》使茅善玉一舉成名，曹靜卿等的《清風歌》和《明月照母心》又使陳瑜得享盛名。所以，我們要放棄演員中心制的陳舊觀念。影視也是如此，大牌明星主演的平庸劇作，照樣難以賣座。更重要的是，應不斷提高編導演和各類創作人員的理論水平，形成以文藝理論指導自己創作實踐的良好風氣。只有長年努力刻苦地學習文藝理論，藝術名家才能上升到藝術大師的水平，否則要走多年甚至幾十年的彎路，至死踏不上大師的臺階。作為演員來講，如能刻苦學習文藝理論，有表演天份者可較快地成為名家，而且在努力學習理論之後逐漸產生或增強悟性，不斷爆出藝術靈感，如此則不僅能學懂、領會前人傳下的演技，還能重新發明已經失傳的前人的高明演技，甚至作出自己新的創造。為了學好理論，文化素質不夠者便會努力學習文化，加強文史哲修養。有了堅實的理論基礎，又有不斷學習、探索的韌勁，就能將學到的中外古今之各類知識融會貫通，為我所用，在創作時會發現所需的理論知識不期而至，面臨的難題則迎刃而解；如發現自己演藝的前途不大，則改行做編劇、導演，開創新的前景。

比演出層次更高的劇本和文學創作，則更應自覺、持久地以理論為指導，優秀的劇作家和文學家必然地同時也是思想家，是學者化的作家。中國古代文學包括戲曲小說，大家名家輩出，其中有 1000 年時間世界獨步，其餘 2000 年則與西方、印度三足鼎立或與西方雙峰對峙，其取得成功的主要原因之一即文學家能自覺地堅持以理論指導自己的創作。

總之上海的文藝家應重視和長年堅持學習文藝理論，在觀摩藝術演出之同時，要多讀古今中外的文學名著尤其是經典性著作，以加強對文藝理論的體會；在深入生活的同時，努力吸收文學名著的養料，自覺地以哲學美學和文藝理論為指導，解決創作實踐中遇到的具體問題，增強自己的悟性，進一步開發和迸發自己的才華，從而使自己的藝術水平更上一層樓。

我們近期可做的事是由上海藝術研究所（院）的文藝理論專家編選供文藝

界在職演創人員閱讀的中國古近代文藝理論選本、西方古近代文藝理論選本和西方現當代文藝理論選本，由市文化基金會投資或請企業資助出版。組織中青年演創人員認真學習文藝理論名著，可以開設短訓班，也可以長年開設系統性的講座，在學習選本的基礎上再重點讀幾種整部頭的名著。可以結合理論學習，組織演創人員學習中外文學名著，尤其是學習中國古典文學，因為文學修養是藝術人才應該具備的基本修養。有了高深的文學和理論修養，編導和其他創作人員便能深入領會劇本或作品，更好地給予藝術表現，因為語言是思維的工具，在學習文學名著和鑒賞藝術精品時可學到表現技巧和評價的參照標準；理論則是學習和評論的指導。

三、文藝理論的現狀和近期應有的作為

文藝理論領域中，目前最紅火的是西方文藝理論。改革開放以來，學術界、文藝界和青年學生滿懷熱情地引進和學習西方美學和文藝理論。這是時代前進的必然和必需。但是 20 年來，我們在西方文藝理論領域還處於初步引進、崇洋迷外、亂學亂用的階段。

所謂初步引進，指現當代尤其是近 50 年來的西方名著，翻譯引進的尚不多。20 世紀的西方文論名著約有 1000 種，現在譯過來的約有 300 種（其中不少名著的譯文之準確程度尚未過關）；西方美學的大家和傑出的名家約有 100 人，只有《亞里士多德全集》和《巴赫金全集》剛完整地譯過來並已出版。古近代的文論名著約已譯過百分之七、八十。我們還需 100 年的時間才能將西方名著基本上譯全；而文論著作的文字艱深，理解困難，要譯得準確非常不易。由於經濟上的原因，理論著作的翻譯與出版也陷入了困境。對此，上海的文藝領導部門應在政策和財力上支持有關出版社，有計劃地組織上海和全國的文論家、翻譯家引進、翻譯西方文化名著，組織研討活動，利用專家的集體智慧探討和會攻一些翻譯難題，在理論領域作出上海獨特的貢獻。

一些中青年學者和文藝家，急於求成，亂學亂用西方文論，滿口食而不化的新詞，已引起批評，但此類浮躁病，經過一定引導，是容易克服的。

中國古代文藝理論博大精深，是祖先留給我們的豐厚財富。但自「五四」至今，崇洋迷外和過度否定傳統文化的風氣彌漫，中國古代美學和文論，除書畫理論還頗受書畫名家的重視並注意學習、繼承外，詩文、戲曲、小說、音樂理論，多不受今人的重視。丟掉中國傳統的光輝遺產，20 世紀的中國文藝家便受到了「懲罰」。20 世紀的中國文藝領域，只有中國書畫，繼海上畫派的一

代宗師吳昌碩之後，以黃賓虹、齊白石、張大千、林風眠、吳湖帆、潘天壽、李可染、傅抱石、劉海粟、徐悲鴻等人為代表，創造出無愧於宋元明清的偉大藝術成就，處於世界藝壇之前列。其次是京昆和一些地方戲及蘇州評彈的表演領域，以梅蘭芳等人為代表，具有世界一流的水平。此外，則僅有少數人和少數作品。因此，賽珍珠在獲諾貝爾獎時的演說中，首先感謝中國文化而不是西方文化對她的哺育，並長篇介紹中國古代文學之偉大，其次批評 20 世紀的中國作家丟棄傳統，故而總體成就不高。金庸近年也有相似的批評。我認為中國的當代文藝家一定要努力學習中國古代文論，同時汲取西方文論精華，力求融會貫通。經過建國後 50 年的努力，尤其是改革開放後近 20 年的努力，研究家已寫出多部中國古代文論史著，古代文論的優秀之作包括戲曲、書畫、音樂和詩文、小說之理論名著，多已整理出版，又成立了中國古代文學理論學會、中外文藝理論學會等學術組織，出版了學刊和不少研究專著。研究界的成績是很大的，文藝界的學習、研究則應迅速跟上。

中國現當代的文藝理論除了毛澤東和鄧小平的理論取得輝煌成就外並沒有什麼突出的成績。20 世紀前 10 餘年中，王國維先後發表《人間詞語》（1907）和《宋元戲曲考》（1912），其所總結的中國傳統美學並加以發展而建立的意境說美學，是與西方典型說可以媲美的理論體系，意境說是世界上唯一以中為主，融合三美（中國、印度和西方美學）的美學體系，取得領先於世界的偉大成就，但五四以後由於全盤否定中國傳統文化的傾向，眾多文藝理論家於近年皆痛思文論界患了「失語症」，即文論界使用的術語幾乎全是西方詳過來的語言，而非漢語。自王國維之後的 80 餘年來，中國沒有出現過一部高層次、有體系、權威性並其有國際影響的現代文藝理論和美學著作，西方則名家林立、大師輩出；前蘇聯也有不少馬克思主義的文論名家，包括取得領先於世界的偉大成就的一代宗師巴赫金。

文藝理論界面臨的任務，從長遠來說，要建立一個馬克思主義、毛澤東思想、特別是鄧小平理論為指導的融合中（已包括印度的佛教文化理論）西和各國文藝理論精華的新的中國文藝理論體系。但是回顧建國以後大學使用的文藝理論教材，文革前用的是蘇聯模式的文學概論，或在蘇聯模式影響下的改寫本；文革後則以西方文論為主。我們自己拿不出一部有權威性的教材。更遑論優秀的專著。當代文論家、美學家有成就的著作都是研究中國古代的，如錢鍾書《談藝錄》、宗白華《美學散步》；或者是研究西方的、如朱光潛的著作、金克

木的著作（也研究印度的文藝理論）等等。

平心論之，由於儒道佛三家文化的指導，中國在 17 世紀之前的幾千年中，科技、文化、經濟水平都處於世界前列，綜合國力也長居世界第一；中國的文官制度也是當時世界上最先進的政治制度，西方現當代的文官制度乃學自中國。中國興旺的朝代如漢唐宋元，都實行開放的國策，與東西方的交往和交流頗為密切。而逐漸造成我國落後的頹勢正是明清兩朝的封建專制統治和閉關自守。在 20 世紀的現代，學習西方的一些先進理論和成功的實踐經驗，非常必要，但必須以自己的文化傳統為基礎。東亞地區學習西方而經濟得到高度發展的日本和四小龍，港、臺本是中國同胞，新加坡多為華裔，日、韓兩國是漢文化圈的國家，受中國儒家文化的哺育達一、二千年以上，是儒家文化的世代哺育，使日、韓國民具有高度的智力基礎，從而具有吸納和融合西方現代智慧的能力，從而建設自己國家獨立、強大的經濟。西方的近現代經濟能夠高度發展，是因為他們首先搞文化建設，即文藝復興。文藝復興帶動文化和教育大發展，文化和教育大發展才能帶動經濟大發展。我們國家也應參照西方成功經驗，優先發展文化、教育、文藝事業，才能保持長期持續發展的勢頭。

西方文化大發展，首先是復興古希臘的優秀文化和文藝傳統，以康德為祖師的西方近代文化找到共同的源頭古希臘文化，以此作為自己的共同傳統，故而當時曾「言必稱希臘」也。而我們如果丟掉自己的光輝傳統去學西方，則未學到西方諸業發達的這個根本。

因此上海今後的文化發展，首先要弘揚民族傳統文化，同時要學習西方優秀文化。落實到文藝理論領域來說，今後 3 年中，我們應編寫出《中國古代文藝理論教程》《西方文藝理論教程》，與古代文論和西方文論選讀本一起，提供給文藝界演創人員配套學習。在具體門類方面，應先編寫《戲曲理論教程》《中國古代音樂理論教程》《中國書畫理論教程》，供有關專業人員學習。我們只有踏實地從最基礎的工作做起，才能在將來建立宏偉的中國文化和文藝大廈。

上海市委和市委宣傳部領導在黨的十五大精神指引下，即將制定上海今後 3 年的文化發展規劃，我們上海藝術研究所（院）的理論工作者，極願為此貢獻自己的綿薄之力。

收入《（上海）宣傳系統第二期文藝骨幹

研討班論文匯編》（1998 年 12 月）

話劇優秀劇目和未來觀眾
及其互動關係的探討

　　上海是中國話劇的發源地。上海在 20 世紀上半期是中國的話劇中心，後半期則可稱是中國話劇的重要基地之一。在進入 21 世紀的今天，話劇仍是上海的主要藝術品種之一，並在中國的話劇界佔有重要的地位。近 10 年來，上海話劇藝術中心在上海的話劇創作、演出和推廣方面，起著中流砥柱的作用，在全國也有頗大的影響。我認為，在 21 世紀的上海，對於上海話劇的優秀劇目的創演和推廣，上海話劇藝術中心仍應承擔最重要的作用，也只有上海話劇藝術中心才能起這個最重要的作用。我感到上海話劇藝術中心在創演優秀劇目和發展未來觀眾方面，大有文章可做。今僅從個人所及之視野，提出一些想法，謹供上海話劇藝術中心參考。

一、未來話劇觀眾的培養和引導

　　話劇觀眾的培養重點應從中學生抓起，也可選擇適當的條件好的名牌小學開始培養。話劇觀眾的引導重點應放在大學生群體中。無論培養還是引導，都應用最優秀的劇目吸引和引導他們。當今的大學生在中小學時代是應試教育的犧牲品，極度缺乏人文精神的教育薰陶。其後果是，他們不僅極度缺乏藝術欣賞的能力和興趣，而且心理素質差，道德意識匱乏。這種現象業已引發不少社會問題，並已開始引起領導、媒體和社會各界的重視。而要解決這些問題，提高人的人文和心理素養，實踐證明，單靠說教是不行的。成長中的青少年一定要有經典藝術的薰陶，具備必要的審美能力，才能提高心靈的境界。話

劇藝術在這方面大有可為。我們在培養和引導青少年觀眾的同時，普及和推廣話劇藝術的欣賞活動。

　　而在我國目前的體制和社會狀況下，只有國家劇院能夠擔當起在大中學生中培養和引導觀眾的艱巨任務。但任何切實的工作都需要經濟的支撐，需要大量金錢的投入。國家劇院作為文化單位，經濟基礎極其有限。目前，中國的企業尚無投資或資助高雅藝術的意識。那麼，主持者可以申請基金，譬如上海文化基金會的基金，創排一批優秀劇目，在大學生中作長年的經常性的普及性宣傳演出：並將此類作品做成 DVD 來向廣大中小學推廣普及。推廣話劇，如果單靠到學校送戲上門，工作量太大，事實上是難以做到的。有效的方法是，將精彩劇目製作成高質量的 DVD，由上海教委推廣到學校。如上海話劇藝術中心上演和復演過的法國話劇《藝術》，劇本和表演都很精彩，通過此劇還可以讓廣大師生瞭解西方「抽象表現主義繪畫」的面目，如果再介紹此劇的創作背景：加拿大國家博物館因用鉅款購買和收藏一幅美國的抽象表現主義繪畫的名家之作，而引發國民的嚴厲批評和激烈的藝術爭論。如此則更能引起廣大師生對此劇的觀賞興趣，並會吸引學生深入思考劇中人所遇到的問題：你是否懂得和喜歡這樣的繪畫作品；你是否認為花高價購藏這樣的作品是值得的；劇作者的看法究竟是如何。總之，觀賞此劇不僅是一個很好的藝術享受，而且還是一堂生動的素質教育課，藝術欣賞教育課，對學生提高審美能力有很大作用。

　　此事如果作出成績，有了聲譽，有了影響，這些精彩劇目製作成的高質量的 DVD，就可以引起外省市的教育領導部門和學校的興趣，引入到外省市去，甚至可由教育部推廣到全國的學校。這既可為當前學校的素質教育服務，而且培養和引導了觀眾，培養和提高國民的審美能力，對於增加未來的觀眾具有深遠的戰略意義。

二、劇目建設及其與未來觀眾培養之互動

　　高雅的藝術趣味和欣賞能力，人生必具的審美能力，對占極大多數的一般青少年學生來說，不會自發地產生，需要有意識的培養和引導。話劇藝術欣賞的普及和推廣，是其中重要的一個組成部分。雖然是作普及工作，劇目和演出一定要高質量的，這樣才能真正地、持久地吸引觀眾並起引導作用。我認為優秀劇目主要有以下幾種：

1. 西方的經典劇目

話劇中心不妨有計劃地系統排練西方古典、近代和現當代名劇。這既可培養話劇中心的新的演員，又可以為教育服務，更能夠擴展當今的話劇市場，並為未來的市場發展打下切實的基礎。有的優秀劇目，話劇中心在人藝和青話時代已經成功演出過，如果留下了質量可靠的音像資料，當然可以據此製作DVD。如由焦晃等主演的莎士比亞的《安東尼和克利奧佩屈拉》。近 10 年來，話劇中心演出當代的西方劇目較多，也有少數現代的名劇，如薩特的《骯髒的手》，而世界話劇史上的古典和近代名作的演出則接近於無。而古典和近現代名作尤其是經典之作的排演，應該是培養表導演和內行觀眾的主要途徑。

2. 有紀念意義的西方名家名劇

除了系統有計劃地排練西方劇目，用舞臺實踐來編撰比較完整的西方戲劇的歷史，也可抓住紀念性的機遇，排練西方名劇。如今年 10 月 17 日是阿瑟·密勒 90 週年誕辰，他已於近日逝世，話劇中心可以排他的名劇，在金秋十月上演，作為紀念。總之，優秀話劇劇目的排演應以具有世界一流藝術水準的西方名家名作為主。

3. 中國話劇史上的優秀之作

中國至今尚未出現達到世界一流藝術水準的話劇作品，但是中國話劇史上少數經過歷史考驗的優秀之作，可以復演或新排。有的過去有很大爭議的，還受到過魯迅先生嚴厲指責的，如歐陽予倩的《賽金花》，如果照原作上演，或請當代劇作家略作改編、修訂後上演，可以讓學生用座談會或寫作文、劇評寫作競賽的形式開展和參與爭論，讓新時代的青少年瞭解和重溫中國受列強欺凌的歷史，瞭解 19 世紀後期和 20 世紀前期中國人的屈辱和艱難，對艱難時世的歷史人物有深切的理解，無疑是開展愛國主義的好教材。另如，根據路遙的著名中篇小說《人生》改編的同名話劇也可以復演，這可使青少年懂得珍惜當今學習的優越條件之難能可貴。

4. 近年的優秀原創之作

話劇中心近 10 年上演過的優秀劇目，原創的如《WWW·COM》，十分適合大學生的觀看。此劇在探索心理，表現人與人的理解和溝通的不易，臺詞寫得生動幽默，富於靈氣，必能得到青年學生的喜歡。另如《商鞅》，還可以結合中學的歷史課。

優秀的劇目培養和引導了青少年學生的藝術趣味、藝術欣賞能力、審美能力和高雅的素質。在這個過程中，這些青少年的欣賞和受藝術教育的活動，同時也催發和促進了話劇優秀劇目的上演和創作，使話劇在市場經濟的有力支持下逐步繁榮起來；廣大演職員獲得了大量的藝術創作和實踐的機會，並在一定的時代機遇中，有可能從中產生 21 世紀上海和中國的藝術大師和藝術大師的群體。

我認為，話劇中心就此事如能制定翔實細密的計劃，並爭取市委宣傳部、市教委、團市委和上海文化基金會的關心和支持，必能作出很大的成績；並為全國作出表率，從而對中國的話劇和藝術事業的發展，作出具有歷史意義的重大的貢獻。

此文為提交上海話劇藝術中心主辦
「上海話劇十年──改革與發展之路研討會」和
「05'海上戲劇新視野」論壇論文，
收入《希望──上海話劇藝術中心十週年慶祝紀念文集》
（《話劇》，2005 年增刊）

拾、書評

《老子》的正確闡釋文本

沈善增《還吾老子》簡論

上海著名作家沈善增先生於 2001 年在上海學林出版社出版《還吾莊子》之後，於 2005 年 1 月又在上海人民出版社出版了《還吾老子》。

我在 2001 年《還吾莊子》出版後，撰寫了 8 千字的評論《新道學的奠基之作》，摘要發表於上海《解放日報》2001 年 11 月 4 日，全文發表於香港道教學院的權威刊物《宏道》第 15 輯（2003 年），並在網上有多次轉載。《還吾老子》在 2005 年 1 月出版後，我又撰寫了《新經學的奠基之作——〈還吾老子〉簡評》，已在上海《青年報》和上海《新民週刊》發表摘要，全文發於上海作家協會《文學會堂》網站，並在網上有多次轉載。今再撰此文，較為詳細地評論《還吾老子》，以期對偉大的道家文化引起更深入的討論。

一、為什麼說《還吾老子》是新經學的奠基之作和新經學的定義

《還吾老子》出版時，上海人民出版社舉辦了隆重的新書發布會，滬上各報都有記者前來採訪，並在會後發表了新聞。東方電視臺文藝頻道「文學‧視覺」專欄還做了專訪節目，除了採訪作者沈善增本人之外，還採訪了上海人民出版社副社長兼總編輯李偉國先生和我。節目在 2005 年 3 月 20 日播出，並在 25 日重播。在採訪中，記者問我，《新經學的奠基之作》中的「新經學」是什麼意思。我說，「經學」的「經」，原指屬於主流文化的儒家經典。儒家經典有多種說法，其中最重要的有三種：1. 五經即儒家尊奉的五部經典著作：《詩》（《詩經》）、《書》（《尚書》或《書經》）、《禮》（《禮經》）、《易》（《易經》或《周易》）、《春秋》。這五經或與《大學》《中庸》《論語》《孟子》合稱「四書五經」。2. 六經，在前面五經中再加上《樂》（《樂經》）。3. 十三經。儒家創始人孔子

和二聖孟子的著作，照理也只能算是子書，但儒家將《論語》和《孟子》與《大學》《中庸》並列，合稱為「四書」，又與五經並列為「四書五經」，這樣就把《論語》和《孟子》抬高到與「五經」並列的地位，而且還列在「五經」之前。至於「十三經」，就索性就把六經之外的《論語》《孟子》和其他五部儒家重視的典籍，例如《爾雅》這樣的文字學的書，也列為經典。這些經典，在以儒家為主流的封建社會，具有至高無上的地位。而道家經典，儒家不承認是經典，即使被稱為《道德經》的《老子》，被稱為《南華經》的《莊子》，儒家也不承認是經典，而僅僅是「諸子」（又稱「諸子百家」）中的一種，屬於「子」書，其地位在古代學術書籍的分類的「四部」中比歷史著作還要低，「經史子集」，輪到第三，而為首的「經」，即是儒家的經典。至於佛經，儒家將佛經稱為「內書」（人們又尊稱之為「內典」），更不會將它們列入經典之中了。過去所說的「經學」，是研究儒家經典的學問或學術，主要分漢學和宋學兩派。經學除了研究儒家的五經、六經之外，還包括「四書」和十三經中的六經之外的其他 5 部經典，包括孔孟的著作。

以上講的就是過去的經學所研究的對象。現在我們說的「新經學」，「新」在哪裏呢？「新」在三個方面。

其一，沈善增的《還吾老子》和以前的《還吾莊子》都將儒道佛三家平等看待，將儒道佛三家的最重要著作，即《論語》、《孟子》和《老子》、《莊子》與佛經都平等地作為經典著作看待。於是，儒道佛三家的經典研究就都是經學和經學研究了。

其二，將儒道佛三家的經典平等地打通，來進行研究。在研究時，不僅找出儒道佛三家共同、相通的地方，而且還以三家的思想和觀點做貫串性的互證和互釋。

其三，像新儒家一樣，要求還原儒道兩家的原始經典的本來的意思。將後世對兩家的發展，與原典的本來意思區分開來，更要破除 20 世紀反傳統思潮對儒道兩家原典的歪曲、醜化和詆毀性的錯誤言論。

在以上三點的基礎上，還有兩點延伸性的意義：

其一，《還吾老子》從文本出發，經嚴密、詳盡的考辨，指出先秦儒道本是一家，而《老子》是中國第一本自覺運用哲學思辨，構建了中國最早，也是最深刻、最完整、最嚴密的哲學體系的著作，因此道家哲學是中國哲學之源。此說有力地證明並推進了陳鼓應先生的「中國文化道家主幹」說。沈善增在

《三位一體老孔莊》一文中又指出，《老子》是專對侯王說的，其最高標準是「聖人」（有道之君），因此是主流文化；《論語》是對宰臣等士大夫說的，最高標準是「君子」，是周公，因此是精英文化；《莊子》是對擺脫社會角色束縛的自然人說的，最高標準是「至人」、「真人」、「神人」、「天人」，因此是超越文化。這三家合起來，構成迄今為止世界上產生最早，又是最全面、最深刻的人本主義哲學。此說尚可討論，此說的最終確立恐怕還要有待於「善增讀經系列」的以後各卷來繼續提供證明，但此說的確是從一全新角度（結合佛教的「方便說法」角度與哲學、美學的「接受」角度）來理解中國古代經典之作的本質的同一性，言之有據，能成一家之言。現代學術視野裏的經學，理所當然的應包含對道家等經典的研究，而且，如果仍侷限於在儒家經典裏「自給自足」，畫地為牢，在研究的視野上是有很大缺憾的。《還吾老子》的研究成果把經學的研究領域拓展問題推到了前臺，新經學便順理成章地呼之欲出了。

其二，經學從來有今文、古文兩派，今文重義理，古文重考據；古文派批今文派有斷章取義、隨意拔高之弊，今文派責古文派有「只見樹木，不見森林」之陋。怎麼揚兩派之長，避兩派之短，歷來是治中國學術者關心的問題，也是長期以來沒能得到很好解決的問題，可以說，《還吾老子》在治學態度與方法上，提供了一個很有啟發意義的範例。從《還吾老子》得出的結論來說，是全面顛覆性的，可稱是聞所未聞，驚世駭俗。如認為《老子》不是《道德經》，也不是《德道經》，《德經》非老子所撰，而是他從周王室所藏典籍中摘錄出來的四十四段語錄，《道經》是老子對其中三十七段語錄所作的注，通過這種「述而不作」的方法，構建起了「道」的哲學體系。但「道」的哲學體系的基本範疇不是「道」，而是「恒」，「恒」才是《老子》哲學的「實在」──宇宙的本原本體。「自然」是《老子》哲學體系的基礎公理，歷來對「恒（常）道」「自然」的解讀是錯誤的。《老子》是站在民本立場上的專對侯王說的政治哲學書，因此說《老子》宣揚消極出世的人生哲學，完全是誤解；而說《老子》反對發展生產力、反對提高人民物質生活水平，要開歷史倒車，倡愚民思想，主陰謀權術，有活命哲學等等，都是望文生義、斷章取義或蓄意歪曲而「注」出來的冤假錯案。只聽這些結論，讀者也許會覺得如天方夜譚，匪夷所思，而只要開卷閱讀，就會被作者詳實的考證、充分的說理所吸引、所說服。至少我對這些結論與證明過程是頗為贊成的。不僅是經沈善增先生重新注譯的《老子》原文，文意貫通、明白曉暢，深入淺出、平易近人，而且看此證明過程，就像看

《達芬奇密碼》一樣，充滿懸念，充滿審美愉悅，這也是少數能從事研究的作家寫學術書之長吧。今、古文派的義理與考據，在《還吾老子》中得到完美結合，使經學研究在方法也上了一個臺階；如果從此有許多學者以這種改善的態度與方法來治經學，新經學的誕生就是必然趨勢了。

正因為《還吾老子》有以上三個「新」的基本意義和兩個延伸的意義，而且這與《還吾莊子》僅闡釋了《莊子》的頭兩章不同的是，《還吾老子》在全新的意義上對道家經典《老子》全書作出完整的研究；而且更重要的是，沈善增在完成《還吾莊子》之後，在寫作《還吾老子》的過程中，已經形成也要撰寫《還吾論語》的著作計劃，他已經決心完成中國本土的儒道兩家的最主要的經典都作重新注釋和闡發的任務，而《還吾老子》是第一部這樣完整的著作，此書提供了用新的方法注釋、闡發古代經典的第一部完整的著作，更兼《老子》又是中國第一部這樣的經典，所以我們說《還吾老子》是新經學的奠基之作。

也許有人會問，《易經》比《老子》更早，為什麼不將《易經》先作這樣的注釋和闡發，並以此作為新經學的奠基之作呢？這是因為《易經》作為中國文化的源頭著作之一，在注釋、闡發的領域中，並未受到整體上的貶低、歪曲和醜化。

二、《還吾老子》的總體成就

《還吾老子》的總體成就在以下五個方面。

首先，《還吾老子》還《老子》文獻的本來面目，指出此書在次序上《德經》應該在《道經》之前，在內容上《德經》是老子所看到的古代的資料並加以記錄、整理和編排的成果，而《道經》是老子對這些資料的解釋和闡發。

第二，《還吾老子》還《老子》文本的本來面目，指出帛書本《老子》最為接近原本：

> 王本與帛書相異處，除個別文句，均以帛書義勝，也就是說，實際結果變成了以帛書為底本，以王本（或參以傅本、景龍碑本等世傳本）充實之。這可能說明帛書的確比王本（包括其所據古本）更早，更接近於《老子》原本。（《道論》，第46頁）
>
> 帛書優於包括傅亦本在內的世傳本。（第48頁）
>
> 若從《老子》是一本專對侯王而說的政治哲學書來看，它的原

本應該是散文而不是詩。(《道論》，第 47 頁)

第三，《還吾老子》還《老子》理論的本來面目，指出此書是政治哲學書，是統治者的政治教科書。沈善增指出：

> 《老子》乃述帝王學，並非我之發現，古人早已言之。《漢書·
> 藝文志》中說：「道家者流，蓋出於史官。歷記成敗、存亡、禍福、
> 古今之道，然後知秉要執本，清虛以自守，卑弱以自持，此君人南
> 面之術也。合於堯之克攘，《易》之嗛嗛，一謙而四益，此其所長
> 也。」這段話用來評價《老子》，是再確切不過的了。由此可見，認
> 為道家是「君人南面之術」，乃當時佔據主流話語的觀點，也就是官
> 方的正統的評價。在漢武帝「獨尊儒術」以後，班固修《漢書》尚
> 且仍許道家為「君人南面之術」，可想而知，老子所述的政治理念，
> 在當時是完全佔據主流話語地位，孔子是只有學習、接受的份，欲
> 與之辯是沒有資格的。(《道論》，第 12～13 頁)

第四，《還吾老子》看出許多過去注釋、理解錯誤的地方，並作了正本清源的徹底糾正。

本書所糾正的舊注中一些比較重大的錯誤，或者說，本書對《老子》中一些關鍵字與重要章節所作的與眾不同的注解。尤其是最關鍵的「德」、「道」、「自然」等基本概念的含義。以「德」為例，本書在解釋「上德不德，是以有德；下德不失德，是以無德」時指出：

> 此「德」，既指君王的個人政治品位，又指君王的治國的基本方
> 略。簡言之，君王之德，就是要演好調解人與仲裁者的社會角色，
> 不以個人好惡、利害關係來決定全社會對事物的取捨，而是尊重每
> 個社會成員的選擇自由，保障他們擁有正當發展的空間，協調相互
> 之間的目標矛盾與利益衝突，使整個社會組織系統的利益最大化與
> 危害最小化。這種全社會的調解人與仲裁者的角色行為，在《老子》
> 中稱之為「無為」(但不是老子發明的詞彙)。《老子》界定了「無為」
> 的具體內容：「無智」、「無欲」，「不仁」、「不棄」。「無智」是指對具
> 體的事物，最高首領不持有個人的特定的主張，哪怕他個人在處理
> 這事務上再有天賦才能與成功經驗，也不越俎代庖，而是讓有關責
> 任人去處理解決，他行使幫助、監督與評判之責。對於關係全局的
> 事情，他也要多方聽取意見，擇善從之，任賢執行。「無欲」是指不

放縱個人對利益與名譽的私欲，以免對全社會產生不利的精神導向，造成價值觀的混亂與顛倒。「不仁」指沒有偏私偏愛，不袒護、寵幸周圍關係親密者。「不棄」指不對持不同觀點者橫加壓制，不放棄對弱勢群體（不善者）的援助。（第10頁）

為了說明這個「德」字，本書還做了引申性的精彩分析：

> （與「德」相比）具體的事務就是「功」，具體的計劃就是「言」。因此，古人有言：「太上有立德，其次有立功，其次有立言。」（《左傳・襄公二十四年》）立德者王，立功者侯，立言者仕。立「德」者超乎具體的「功」、「言」之上，可以對「功」、「言」進行選擇、評判，故為最高、最難得。從這個角度看，事必躬親，對「王」者並非是一項優秀品質。他還不能從具體的計劃與事務中跳出來，更客觀更全面地來審視各種意見與各項事業。所以，諸葛亮只能為帥、為相，而不能代劉備為王。處理具體事務的能力，劉備遠不如諸葛亮。他一披掛親征，就被火燒連營七百里。但是，他在制定國策、納賢用人、爭取民心等方面，都有諸葛亮所不及之處。白帝城託孤，劉備流著淚對諸葛亮說：「嗣子可輔則輔之，如其不才，君可自為成都之王。」這是他扮演「君王」角色最精彩的一個亮相。論文韜武略，他都不及另兩個競爭對手曹操與孫權；但論「德」（進入宗法制集權社會後的君德，與上古推舉制族盟社會的王德，已不可同日而語，但君德中多少還有王德的影子），則劉備要高出他們一個層次。曹、孫的畢生事業，不過立功而已，而劉備則以立德勝之。諸葛亮的所有功績，都在劉備的德行籠罩之下，此說毫不為過。或說，此乃指《三國演義》中的劉、曹、孫、諸葛而然，《三國志》中人物未盡如此。但從小說家言中保留了中國文化源頭上的具民本思想的政治理念這一點來說，《三國演義》也許比《三國志》還更真實，更有研究價值。（第9～10頁）

像這樣的解釋和闡釋，全書頗多。

第五，《還吾老子》對老子的原意和深意作了現代意義上的準確闡發。以《老子》中的著名的「小邦（國）寡民」說（德章第四十三篇，第八十章）為例，一般認為這段言論中的「老死不相往來」是指互相不來往。本書認為：

> 從本章語境看，「往來」不應是民間普通的交往、走動。上文明

言「鄰邦」，能相望、相聞者乃是鄰邦居民及其雞犬之聲。雖然隔得非常近，但從此地到彼地去，卻是「出國」了，彼此的人文環境可能會有很大的不同。春秋戰國時期，各諸侯邦國間有邊境線，但對人員出入境基本沒有限制，可以自由往來。由於各諸侯在自己統治的邦國範圍內各行其是，所以邦與邦之間的政治、社會狀況可能有很大不同。地理位置上距離很近的兩個自然居民群落，因為分屬兩個邦國，生活景況可能有天壤之別。故而，不堪忍受領主苛政的人民，會用腳投票，遷徙到他邦去。故《韓詩外傳》中說：「王者，往也，天下往之謂之王。」《說文解字》：「王，天下所歸往也。」「往來」，就是「往之」、「歸往」之義。「往」、「來」是兩個動作相反的詞，組成一個詞，在本章中，其義偏於「往」。這種語法現象叫「偏義複詞」。即使在通常以單字為詞的先秦語境中，偏義複詞形象也非罕見。如王力主編《古代漢語》中所舉例，《墨子·非攻上》：「今有一人，入人園圃，竊其桃李」，古時種樹處叫「園」，種菜處叫「圃」，故此處「園圃」只有「園」義。《戰國策·魏策》：「懷怒未發，休祲降於天。」「休」為吉兆，「祲」為妖氣。此處「休祲」只取「祲」義。又，顧炎武《日知錄》中說：「愚謂『愛憎』，憎也，言憎而並及愛……如『得失』，失也……『利害』，害也……『緩急』，急也……『成敗』，敗也……」俞樾《古書疑義舉例》：「《禮記·文王世子》篇『養老幼於東序』，因老而及幼，非謂養老兼養幼也。《玉藻》篇『大夫不得造車馬』，因車而及馬，非謂造車兼造馬也。」本章注解前引《管子·小匡》中「禍福相憂」，也是只取「禍」義。分析上述偏義複詞之例可見，偏義與否，是由具體語境所決定的。所以，由本章語境決定「往來」是偏義複詞，只取「往」義，在邏輯上是完全能成立的。

「往來」其實是「遷徙」義，但先秦時雖然民眾遷居自由，但因為中華民族是農業民族，與土地有天然的緊密聯繫，所以，在能夠苟且存活的情況，一般是不願背井離鄉，舉家遷徙的。《老子》這句話是說，只要君主的政治得法，使人民安居樂業，那麼，即使自然條件差一些，民眾也會一輩子在這塊土地上生活繁衍，再近的鄰邦也不會遷居而往。（第611～612頁）

這樣的解釋是有說服力的。這節文字，早在 2 年前已於上海《文匯讀書週報》先期發表，至今未見商榷和批評文章。

三、《還吾老子》的寫作特點

本書像《還吾莊子》一樣，首先是在全書開首冠以長篇導論，論說一些帶有根本性的問題。

第二是「在整體上還」「《老子》的本來面目」。

本書《道論》指出：「《老子》的作者為老聃，官居東周守藏室之史，與孔子是同時代人，年長於孔子，孔子與其有過交往，至少是有一次問禮於老聃，從老聃助祭於巷黨，這些都於史於子書於儒家經典有明文記載，是不成其為問題的。」「《老子》一書的作者是春秋後期周守藏史老聃。」在此同時，駁斥了南宋葉適、清代汪中、民初梁啟超和以後馮友蘭、錢穆，從尊儒立場認定老子晚於孔子的錯誤觀點。

關於《老子》此書的性質，作者認為：「《老子》也許是中國第一本有自覺的哲學意識，運用哲學思維研究問題的哲學著作，但它不是一本以世界觀（宇宙觀）、人生觀或認識論為研究對象的純粹的或全面的哲學書。若以後者為標準，《莊子》則更符合西方意義上的哲學著作。《老子》八十一章，每一章的中心話題都未曾脫離政治，在西方意義上，它只能是本政治方面的哲學專著，而不是純粹的哲學學術著作。」「《老子》是本政治哲學書」。「《老子》即使屬於『王官之學』，也是『王官之學』中核心的、最高級的，能接觸到的人最少的那一部分，應屬於宮廷秘學，或帝王學部分。」

前已言及，本書指出《老子》乃是「以道注德」之書，而此說的成立，「最直接解開的疑團，就是何以《道經》體系完整，邏輯嚴密，而章與章之間找不到確實可靠的邏輯聯繫。從『以道注德』看，因為《德經》的摘錄隨意性較大，作為《德經》中章節的注，道章相互之間自然難以建立必然聯繫了。『以道注德』，才是《老子》篇章之間的邏輯聯繫。因此，本書採用能體現『以道注德』結構思想的目錄排序。」

第三，用詞語解釋、整句串講、段落大意和觀點闡釋相結合的方法來撰寫本書。

第四，用義校和文本細讀相結合的方法來釋讀《老子》。

沈善增在《道論》中指出：「我將自己方法定為中國的『義校』法加西方

的『文本細讀法』，中西合璧，相得益彰。這次寫《還吾老子》，我還是用的這方法，只不過根據《還吾老子》的實際情況，加了一條原則，凡帛書與世傳本有異，而按帛書更符合《老子》原意，就儘量照帛書而不約定俗成地依王本。」

四、《還吾老子》出版的重大意義

作為國家級出版社的上海人民出版社以極大的魄力，設立「善增讀經系列」，將依次出版沈善增全部注釋和闡發儒道兩家經典的所有著作，包括學林出版社已經出版的《還吾莊子》的第一部。這在弘揚中國傳統文化的宏偉事業中是一個非常有意義的創舉。

上海地處 21 世紀中國經濟和文化最發達的長江三角洲的中心，是中國的經濟、貿易、金融、交通四大中心所在的特大型的國際大都市，在文化方面又是東西方文化的交流中心。本書在上海出版，影響巨大。只有文化的高度發展，才能使經濟真正能持續、健康地發展並保持高度繁榮。

從歷史看，「文化」在中華民族立國聚族方面有其特別的意義。中國歷來認為：中華之國與異邦，中華民族與異族，差別不在人種，而在文化。凡接受中國文化者，不管其族種，皆為一體。

對 21 世紀我們面臨的世界來說，為對應全球經濟一體化背景下的文化一體化的話語，提出「文化是綜合國力的一部分」，認識到「保持和發展本民族文化的優良傳統，大力弘揚民族精神，積極吸取世界其他民族的優秀文化成果，實現文化的與時俱進，是關係廣大發展中國家前途和命運的重大問題」，說明我們對文化問題的認識在進一步深化。我們認為：與時俱進的中華文化，必定是與中華優秀的傳統文化、人文精神一脈相承並將之發揚光大的。割裂傳統，一切推倒重來，憑空創造出一種前無古人的全新文化，已被證明不僅是不可能的，而且具有極大的破壞性；哪怕動機是絕對正確的、純潔高尚的，對此嚴重後果也難辭其咎。同樣，食洋不化，唯西方馬首是瞻，以全球文化一體化為時髦，將中華豐富的文化積累、文化遺產視之如敝履這種現代假洋鬼子的文化姿態，也可能對我們國家與民族造成嚴重的傷害與極大的危險。在這樣的新的歷史背景下，沈善增「還」《老子》《莊子》的本來面目，讓廣大讀者深刻認識到中華文化在源頭上是何等清純、透徹、優美、博大精深和具有超越精神，這對振興中華，對國家的可持續發展，對民族的團結進步繁榮昌盛，應有

無可替代而又不同尋常的意義。從地球村的角度來說，對物慾橫溢、逞強鬥奇、弱肉強食的人類現狀，也許老莊兩千多年的箴言先知，可使人警醒；他們的深入淺出的哲理，可使人迷途知返。佛教思想與老莊哲學同樣精深博奧，但佛教多講出世之道，現代人與之更加隔膜。老莊「不離世間覺」，《老子》自論政治，《莊子》即使多宣「內聖」之道，但也以論個人與社會的關係為主，只要拭去以「詮釋」之名蒙上去塵埃，現代人親近老莊，並從中獲得莫大的教益，是必然的結果。

我們早就應該將中國優秀的傳統文化向自己一代一代的青年讀者做持久有效的推廣，向世界青年讀者做持久有效的推廣。沈善增讀經系列諸書為此作出了努力，對當今學者有很大的啟示作用。

最後需要指出的是，與《莊子》文本的敘述詳盡不同，《老子》言簡意賅，要言不煩，所以在解釋和闡發時，《還吾莊子》容易做到精確無誤，而《還吾老子》的解釋闡發雖然也曉暢明瞭，斬釘截鐵，卻難以處處圓滿。有時在具體的理解和闡發上，似乎還有商榷的餘地。如德章第三篇（第四十一章）「下士聞道，大笑之。不笑，不足以為道。」本書解釋說：

> 因為道是以一種謙遜的姿態向人提供指導、幫助的，不是像法令一樣，居高臨下強加給人的。道的權威性來自它的真理性。而下士習慣以貌取人，對權威之言則恭而敬之，大聲不敢吭，小氣不敢出；對謙和之言，則大笑之，凌辱之。下士對道之氣使頤指，正說明道具有無論在什麼情況下，都守雌處下的優秀品質。故云，下士「不笑，不足以為道」。（第109～110頁）

我認為原意並非如此。下士笑之，主要還是因為燕雀不知鴻鵠之志、之思，不能理解和體會「道」的極高境界，故而嘲笑「道」所標示的極高境界是不可能的，是天方夜譚，甚至認為這是「吹牛」、胡說，所以才給予嗤笑。

另外，前面提到的「文本細讀法」，也不能說是現代西方文論家的獨有專利，實際上我們中國也古已有之。古代經學家對儒家經典的注釋、說解，都是建築在對文本的極其細緻的閱讀基礎上的；乾嘉學派對經史的闡發，如研究二十四史的三大名著（趙翼《二十二史劄記》、錢大昕《廿二史考異》、王鳴盛《十七史商榷》）或如王念孫、王引之父子的文字學方面卓有建樹的著作，哪一本不是建立在對儒家經典和史書的細讀的基礎上而作出的巨大成果、寫成的巨著？另如金聖歎建立了規範體系的評點派文學批評，也都是對文學作品作過細的閱讀後作

出的評論。如《水滸傳》描寫武松冒險闖上景陽崗後，金聖歎細數《水滸傳》的文本在武松動手打虎之前曾 15 次提到「哨棒」，作者為的是讓讀者加深對武松手持「哨棒」、感到他手中有武器的印象，然後讓武松在慌張倉促之際一棒（第 16 次提到哨棒）打在樹梢上，當場折斷，令讀者嚇煞：武松沒有了武器，這下怎麼辦？以增強懸念和閱讀趣味。在金批諸書中，金聖歎對讀者學者都未及注意的原著中的細微描寫，作洞若觀火式的揭示和闡釋，都是用文本細讀法研究原著的典範。

沈善增實際上對古代中國的細讀法也是瞭解的，只是在行文至此時沒有想起而已，實際上他在平時已經在有意無意中受到過中國的細讀法的薰陶，而他又有學習西方文本細讀法的自覺意識，所以他在本書中所運用的細讀法，本身即是中西結合的一種方法。

原刊《自然・和諧・發展──弘揚老子文化國際
研討會論文集》，中州古籍出版社，2006 年

《莊子》的正確闡釋文本

沈善增《還吾莊子》的卓特成就簡評

　　中國傳統文化至宋代已形成儒道佛三家鼎立和互補的宏偉格局，形成新的高峰，直至今日，三家融合的傳統依舊是我們民族文化的根本。其中儒道兩家是中華民族於先秦「軸心」時代產生的自成體系的博大精深的優秀文化，對中華民族及其文化的發展起著根本性的指導作用。但是漢代以後，儒道兩家都漸起變異，與孔孟、老莊的儒道原典的精神漸向背離，直至 20 世紀初期，依然如此。因此自 1920 年代起，新儒家崛起，至今已有三代學者投身於新儒學，其宗旨是釐清孔孟原義，融合中西哲學和文化，研究儒學，維護和宏揚中國民族文化傳統，探索傳統文化的現代化道路，論著林立，成績斐然。而在道家研究方面，一直未有重大突破，今始有之，此即沈善增先生之新著《還吾莊子》。

　　《莊子・天下篇》首先提出「內聖外王之道」，此語已「包舉中國學術之全部」（梁啟超語），當今新儒學也引以為己說。據沈善增先生研究，最早提出此論的原始道家可分為兩派：外王派以老子《道德經》為代表，研究和闡發帝王南面之術；內聖派以列子為代表，其人生年早於老子，而《列子》一書則成於老、莊之間，其中還保留著一部分比老子還早的道家學說的內容。而《莊子》則為內聖外王的集大成者。外王、內聖兩派都是從形而上學的本源本體推出整個理論體系，道家哲學是中國最早成體系的形而上層次最高的哲學，也是世界上自成體系的形而上層次最高的哲學之一。

　　長期以來，由於尊儒抑道的內在需要，處於學界主流地位的有些學者，將《老子》產生的年代推延至戰國，將《列子》貶為魏晉時代的偽作；又從《莊子》被曲解閹割開始，道家被貶斥為方術之一派，相對主義、詭辯主義的低層

次的哲學流派。

　　沈善增先生之所以費力四年撰寫《還吾莊子》〔註 1〕（《逍遙遊》、《齊物論》的注解、串講、翻譯、闡釋本），是因為「莊子不僅是個大思想家，而且是個大文學家。他的文章既灑脫，又縝密，層次分明，環環相扣，尖銳而又全面，通俗而又深奧。《莊子》集道家之大成，在中國哲學史上是一部體系最完整、思想最深奧、思維最嚴密、表達最充分的偉大巨著。可歎的是被後來各注家斷章取義，乃至生吞活剝，把原來渾然一體的莊子注得支離破碎，前言不搭後語，把莊子注成一個說著沒頭沒腦故弄玄虛意識流般囈語的避世高人。莊子身後熱鬧了兩千多年，也蒙塵忍垢了兩千多年」。〔註 2〕具體來說，自一千七百多年前郭象首先完成《莊子注》起，《莊子》即被無理刪去不少重要內容，僅存他刪餘的三十三篇〔註 3〕，現存的全書又受到根本性的歪曲。「郭象歪曲《莊子》的後果的嚴重性」在於「千百年來，留在人們心目中的莊子，是個語言怪誕、行為放蕩、消極頹廢、孤傲不群之偽莊子」。〔註 4〕郭象之後的諸家注本，著名的如王夫之《莊子解》、郭慶藩《莊子集釋》、王先謙《莊子集解》、章太炎《齊物論釋》，直至當今流行的陳鼓應《莊子今注今譯》，皆承其誤。這些流行的權威注本，將《莊子》文本嚴重錯解，把《莊子》中反對和批駁的觀點，作為莊子正面乃至核心的觀點來接受，其中還包括大量詞語的錯解，《莊子》已被注釋得面目全非。

　　《還吾莊子》全書採用一段《莊子》原文，一段注評的方式。注文先列原字的原義，辯正前人的錯注，引用《莊子》書中相關文字及先秦諸子的有關言論作比較與參證，又結合佛學經論所述與《莊子》共通的義理，並根據東方文化、哲學的特有的思維方式，結合上下文之句意、語境，來正確闡釋《莊子》詞、句的原意。其中包括對字義的訓詁與斷句的探討。因為作者發現，以前的注本，在訓詁和斷句的方面錯誤很多，《逍遙遊》中兩句中有一句的注文含有錯誤，而《齊物論》竟然三句中有兩句存在問題。如《逍遙遊》中「北冥有魚」，注家多釋為「北海有魚」，實則應為「北極有魚」。「冥」，自陸德明《經典釋文》改「冥」為「溟」，注為「北海也」，「溟」即有「海」義。其實，「溟」本為濛濛細雨之義，如楊雄《太玄經》：「密雨溟沐。」晉司馬彪原注「冥」為

〔註 1〕　沈善增《還吾莊子》，上海：學林出版社，2001 年。
〔註 2〕　《還吾莊子·代序》，第 19 頁。
〔註 3〕　《還吾莊子·代序》，第 19 頁。
〔註 4〕　《還吾莊子》，第 163 頁。

極地,「去日月遠故,以溟(應為「冥」)為名。」(《莊子集釋》引《一切經音義》)晉張景陽《七命》:「寒山之桐,出自太冥。」把「太冥」作為北方極地之代稱,可見到了晉代還習慣把「冥」理解為極地。故「北冥有魚」,非指北海而是北極有魚。又如「鯤之大不知其幾千里也」,應斷句為:「鯤之大不知其幾,千里也。」幾,應釋為盡頭、邊際,故而此句意為:「鯤的大不知道它的盡頭,總在千里之上。」再如「垂天之雲」,各家將「垂天」釋作「天邊」,實際上「垂」的意思是自上而下地懸掛,故此語意為「遮天之雲」。實際上,《莊子》中「垂」皆有「自上而下懸掛」義,而從無一處的「垂」作「邊」解。何況天邊之雲直觀並不大,因再大的東西在極遠之處看上去都會很小,設喻極言鵬翼之大並無效果,故「垂天之雲」意為鵬翼大如天上懸掛著的遮天之雲。作者認為前人的錯注如此之多而嚴重,有些固因注者粗疏而望文生義,不求甚解,更有不少錯誤是注者為了把《莊子》原文納入自己的思想理路,乃有意削足適履,強行扭曲造成的,結果將《莊子》原文注成前後不通、晦澀難懂的玄文。其實,《莊子》行文縝密,用詞規範,不僅想像豐富,豪放酣暢,自由靈動,代表著中國文學語言的最高成就,而且思想恢宏,推理嚴謹,哲理高深,代表著中國哲學與思想的最高成就。而當今流行的古今注本嚴重歪曲了《莊子》的原意,大大降低了《莊子》的哲學成就和思想水平。因此,《還吾莊子》在闡發《莊子》哲學思想方面,用細讀方式作了鞭闢入裏的分析和論述。譬如——

作者認為,《逍遙遊》作為《莊子》開宗明義的第一章,是全書的綱。全章的中心思想是「大有大用」,莊子以大鵬作為比喻和象徵,以飛鵬南徙為有大用之象徵,指出「逍遙」是得道後的大自在境界,以此倡導一種積極求道的精神。其中「小大之辯」乃全章的核心,這裡,小、大是一種設喻,來喻道與物的兩個不同層次的生命境界的差別。這是莊子習用的形象的手法。但郭象為了借《莊子》宣揚自己的「適性自然即逍遙」的觀點,把鵬與斥鷃注成彼此不分高下之輩,甚至褒斥鷃而貶大鵬,以此來偷換和推銷自己的「逍遙」觀和「獨化」觀。其所適之「性」是物性,且是物的侷限性。郭象以「物性」偷換「天性」,將「逍遙」解釋成為自我陶醉、自我麻痺、自我安慰的庸俗心態,簡直成為中國民族近世產生的「阿Q精神」的祖師。他又在注中提出:「天地,萬物之總名也;天地以萬物為體」,完全與老莊的「道物」觀、「名實」觀相對立,實質是取消了「道」,而把「物」放到了至尊的地位。又如「齊物論」此題,自郭象至陳鼓應皆未得確解,對此章奧義更有嚴重曲解。作者指出:《齊

物論》此題包含兩層意思：一要說明「齊」是「物」的本然狀態，而非一種人為的意志的結果。它應是修道的認識基礎與出發點，而非人的意志行為追求的結果，像慎到、彭蒙所認為的那樣。莊子認為：修道的結果是「逍遙」，即生命的大自在。「物」之「齊」，是相對於「道」而言的，就像從高空的飛機上鳥瞰，地面上的樓房、樹木、河流、行人、車輛，都是一個平面上的圖案。相對於「道」與「物」的層次差別，「物」之間的高下差別就可忽略不計，也即「齊」了。莊子言「齊物」，就是要人把注意力從不值得去斤斤計較的物的差異上移開，投向高遠玄妙的「道」。這是莊子指出得道以後對物的認識，「齊物」即物之間的差別並不重要，而且只有在得道、超越之後才能看出物之差異的沒有意義。郭象將此偷換成受到批判的慎到等人「齊萬物以為首」這個古人明哲保身的觀點，要人向無知的物看齊。二、「齊物」還只是低級、表面的本然狀態，還不是「道」，而「道」是本源與本體。「齊物」還可以「論」，只是求道的初級階段，是初見道的一種認識、解悟，並不是得道的最高境界與終極目標。而「道」是不能「論」的。明乎此，即可知「齊大小，泯是非」不是《莊子》的觀點，而是郭象篡改莊子的謬說。《齊物論》的主要觀點是「吾喪我」，即積極擺脫物慾的纏繞，擺脫小我，成為大我，追求高境界。《莊子》所體現的道家精神，是提倡追求心靈高度自由的精神境界，同時充分理解其他人追求自己的信仰的自由和權利。道統為一，這不是和稀泥，而是在道的高度上融合各種不同的個性的追求。老子說：「生而不有，為而不恃，功成而不居。」莊子說：「道行之而成，物謂之而然，」「彼亦一是非，此亦一是非。」這都是基於對生命本質的深刻認識。作者站在這個認識高度來審視和闡釋莊子的哲學理論，因而他把握住了莊子哲學中最重要的核心——他的宇宙觀和生命觀。

　　與此相關聯，此章中「莊周夢蝶」寓言中的「物化」一詞遭到了最大的誤解。在《莊子》中，「物化」的概念只是「物的變化」或分化。在此則寓言中，明言「周與蝴蝶，則必有分矣，此之謂『物化』」，是指物的分化，乃是「物」的最大的遺憾，與「泯除事物差別、彼我同化的意境」毫不相干，但歷來作此理解，皆係遵循郭象「齊大小、泯是非」的思路，於是把莊子發出的深感遺憾的歎息，注成莊子嚮往的理想境界，從而嚴重曲解了莊子的原意。

　　在《齊物論》中，莊子為了凸現本性（本源）的動力性質而提出了「吹」與「籟」的概念。「籟」是管樂之聲。莊子以人籟、地籟與天籟為比喻，強調「籟」是一種有意為之的樂聲，是「吹」與「器」兩方面作用的結果。「地籟」與「人

籟」都是受器的侷限的具體的聲響,而「天籟」就是「吹」,就是「怒者」,與「地籟」、「人籟」是兩類不同層次的概念。如論「地籟」一段,原文一上來就點明「風」的作用,「是唯無作,作則萬竅怒呺」,以與後文分述泠風、飄風、厲風之不同作用效果,還是強調「吹」。而郭象硬把「厲風濟,則眾竅為虛」之「濟」注為「止」,這樣,便把《莊子》本來描寫厲風大作時,萬竅怒呺,和聲一片的「而獨不見之調調之刁刁乎」,(等到烈風浩浩蕩蕩地席捲而來,似乎所有的訣竅都變成了管樂器,進行大合奏,你難道就沒有聽見那嘩嘩、呼啦啦的巨大聲響嗎?)硬解釋為風止後樹枝還在搖動,非常的牽強。郭象又抹殺「怒者」的存在,仍是為了抹殺「道」與「物」的差別,用物性來偷換道。

《莊子》第一個提出修行的層次,排出「聖人——神人——至人」的次第和序列,郭象卻注成一人三名,將最高的修行者降低到最低的層次,取消了莊子哲學的立體感。

在第一章《逍遙遊》的闡發中,作者指出《莊子》全書用寓言、重言、卮言的三種敘述方法極為高明而有力地闡明和表達自己的重要理論和觀點。「寓言」是「藉外論之」,即不就雙方爭議的問題展開論理辨析,不做邏輯的證明指謬,而是將爭議的問題先擱置起來,另外提出一件事(一個雙方都認同的經驗事實或虛擬故事),這件事的邏輯關係(是非因果等)簡單明瞭,且與爭議的問題相對應,這樣,對方認可了這件事表明的邏輯,也就接受了己方在爭議問題上的觀點。「重言」就是權威性的意見。「以重言為真」,引述權威性意見、前人的經驗之談,可以作為論據,加強己「言」的真實可靠性。莊子認為最可信、作用最大的是「卮言」,「卮言」就是客觀地描述、反映現象,「卮言」及其「曼衍」則一般有作者莊子直接出面來說,真實表示作者莊子的認識水平與具體結論。沈善增揭示《莊子》中三「言」的原義、《莊子》的三種理論闡發方式以及三種方式本身的理論意義,更以上述的理論高度和莊子闡述的方法來觀照《莊子》全書,從而將莊子的眾多重要哲學觀點講深講透。

在第一章《逍遙遊》中,作者就逍遙、天地、齊大小、物與自然、無為無不為諸概念和理論問題作了言之有據的讀解;在第二章《齊物論》中,就齊物、議論、吾喪我、天地人三籟、大小知和大小言、真宰、是非等重要概念和理論問題作了曲折詳盡的闡釋,結合對前人大量詞句錯釋的糾正,取得了一系列卓特的理論成果。

《還吾莊子》注釋中國古典哲學中堪與《老子》並列的最偉大的著作《莊

子》，為我們恢復了莊子的真實面目，他用的方法主要是兩個：其一是「以莊注莊」，即將《莊子》中的詞語的含義，寫作手法和敘述思路，時刻放在全書中一起觀照、排比和比較，從其在全書運用中的一致性，比勘出詞語、術語、語句和理論闡述的準確含義、含意；又從全書各部分、各段落的精細比勘中，得出一個重大結論：從全書敘述的精密、嚴整和極具系統性，包括在用詞、撰句的細密的照應和前後一致，可見《莊子》全書都是莊子本人所著，而不是像郭象以來眾學者所認定的僅是內篇而已。

其二，是「以佛解莊」，即用佛經裏的概念、理論和表達方式，來解說《莊子》中不易理解的語言、概念和理論，尤其是說清道佛兩家的共同之處，從而概括出東方哲學所取得的偉大成就和東方哲學高於西方哲學的妙諦勝義。

以上兩種解讀方法，其本身即有重大理論意義。其一，用以莊注莊的方法，可以完整的理解《莊子》的原意。本書在寫作上摒棄時髦，回歸自我，即回到東方文化的傳統方法。使用古代的訓詁、辯駁、解說、串講的方法，具有乾嘉學派的嚴謹性。說明乾嘉學派的研究方法沒有過時。其二，以佛注莊的方法，是一個重要的創造。如果說佛教初入中土之時，魏晉時代的學者以道家學說來闡發佛學，是因為當時無法用漢語直接解釋和介紹佛理，並為了消除當時國人的文化、心理障礙，易於傳播佛教，也即為了便於國人接受佛教，而迫不得已地使用這種「以道釋佛」的方法，並被後世學者譏為生搬硬套；那麼沈先生卻是自覺地以佛解道，認為佛道原理相通，而且「釋道的言說，思維方式比較一致，可以相互參照、發明」，「惟有博大精深的佛說，可以幫助我們瞭解莊子的奧義」。[註5] 還更認為：「莊子思想是先秦諸子中最具禪味的。」[註6] 這便有了打通道佛兩家，將道佛兩家結合成完整的東方哲學的理論意義。

《還吾莊子》使用這兩種解讀的方法，使作者似有神助地不斷爆發出學術靈感，他因此而難以置信地推翻了一千七百年來眾多權威的定說，正確、全面、到位地闡明了莊子的理論和東方哲學。這不僅具有方法論的意義，而且更有理論史上的意義：對重寫中國哲學思想史，對現代文化建設，都具有重要的啟示意義。

《還吾莊子》用這兩種具有理論意義的方法釋解原典，於是論者便揭示了

[註5] 代序，第20頁。
[註6] 代序，第2頁。

道家和東方哲學依次遞進的兩個高度。其一，自論著的結構看，「老莊著作的結構，與西方的學術著作條分縷析、層層遞進、金字塔式的結構有著很大的不同。他們採用綱目式的結構，綱舉而目張。先提綱挈領地把基本觀點擺出來，然後幾乎平行交疊地從各種不同角度來分目闡述、論證，使之豐富與具體。」「這種結構，借用繪畫術語來比喻，是種『散點透視法』。相對而言，西方通行的結構法則可以稱之為『焦點透視法』。『散點透視法』符合心理的真實，是種內在的真實。『焦點透視法』符合視覺的真實，是種外在的真實。這兩種結構法的差異，從文化積澱角度看，也許正透露出了一者更重視內心（主體），一者更重視環境（客觀）的東西文化差異的消息。」〔註7〕這便從結構角度破除了中國古代理論著作缺乏體系性，體系性是西方理論專著的專長的錯誤觀點，而且已顯出兩者的高低。

作者進而指出：「西方的結構法，是以製造業（佛家謂之『工巧明』）為經驗來源的。」「這種認識的方法搬到哲學上，就是分析和綜合的方法，就是目的論，就是所謂定性定量的科學實證主義。這種認知態度推而廣之，就是以製造者對待機器的態度來看待生命及世界的一切現象。如活生生的人，在這種眼光的透視下，變成了由細胞到組織到器官到系統的合成，精神活動只是一些信息在神經細胞之間竄來竄去而造成的一系列的生理和生化反映。」在宗教上體現為「上帝是這個世界總目的的體現。認為沒有目的是不可想像的，這正是一切製造者的集體無意識。這種集體無意識，可以稱之為造物意識。」〔註8〕這種造物意識發展到極端，第一個結果，就是認為世界上無論什麼東西都是有可能被製造出來的。造物意識走向極端的另一結果，就是萬物皆應有用，「所謂有用即真理」。故而西方的認知態度，看上去很唯物，很尊重客觀規律，其出發點是把萬物當作主體製造物或可改造物來對待，是很唯我獨尊，很霸道的。特別是把他人與其他生命都當成客體，也就是都貶到了物的層次上，於是造物意識儘管被飾以「自由、平等、博愛」等種種桂冠，美化成理性精神，但是其所謂的人本主義、人文主義所絕對肯定的居於宇宙中心位置的人，看上去是泛指，實質上還是一個具有絕對排他性的「我」。

作者同時認為，在西方文化中不斷得到強化的造物意識，在東方文化中卻不斷地被削弱、破除與虛化。東方文化的主流意識是「生命意識」。「生命意識」

〔註7〕代序，第4～5頁。
〔註8〕代序，第5頁。

的核心是「平等」觀念與「同一」觀念，而「造物意識」的核心則是「使命」觀念和「矛盾」觀念。「生命意識」的「平等」與「同一」觀念是：生命儘管形態有大小、層次有高低、壽命有長短、能力有強弱、利害有衝突，但每個生命體都是獨立的，本質上是平等、同一的，任何生命體都沒有天賦的駕馭乃至消滅另一個生命體的權力。而要體認這生命的同一性，是通過推己及人的途徑來達到的。與西方文化宣揚「上帝全知全能」不同，佛教認為佛並非全能。與西方文化宣揚「上帝拯救人類」不同，佛教認為佛只是用自己觀察到、研究過的宇宙真理告知人類，讓人自己通過覺悟來認識和追求宇宙真理，從而擺脫苦難。因而從「生命意識」出發，是不會提出全知全能這種幼稚的口號的；而且更進一步，還從根本意義上（佛學謂之「勝義諦」）否定「能作」、「所作」之類世俗觀點、虛妄分別，於是，做了救生的事，而依理認為並沒有拯救和被救。這是「造物意識」所遠遠不可企及的境界。因此本書作者在《代序》中分析以老莊為代表的道家哲學的主流意識是「生命意識」，與西方古典哲學的主流意識——「造物意識」時，有力地指出了兩者的高下之別。《還吾莊子》還歸納了東方哲學即生命哲學的六個要點：

一、世界、宇宙的本源、本體是最大的生命，具有生命的一切指徵。借用物理術語，是一片動力。〔註 9〕

二、任何生命體都具有兩種與生俱來的特質。一者是能夠創造出無限可能性的生命活力。這是一種來自本源、本體的動力。（同上）另一者是每一生命個體的侷限和同一層次生命群體的共同侷限以及所有生命體無不具有、無法避免的侷限性。〔註 10〕

三、所謂修行，就是打破、消除生命個體的共同侷限，趨於本質的同一，「吾喪我」，這是東方哲學的出發點和歸結點。〔註 11〕

四、東方哲學中，第一性的是本源、本體動力，第二性的是物質結構與精神結構。其邏輯構成成為立體的、分層次的。即高層次者體現在一切低層次者之中，而低層次者之總和不等於高層次者。與西方哲學中「實在為一切存在之總和」的平面邏輯構成不同。

五、東方哲學對概念進行動態的、功能性的界說，而西方哲學則習慣對概

〔註 9〕 《還吾莊子》，第 113 頁。
〔註 10〕 《還吾莊子》，第 114 頁。
〔註 11〕 《還吾莊子》，第 213 頁。

念進行靜態的定性定量的界定。〔註12〕

　　六、東方哲學認為一切生命體在本質上是同一的、平等的，因此，主張和諧、共存、求同存異；只有生命體自身覺悟，才能得到解脫。

　　《還吾莊子》關於東方哲學的生命意識揭示，對今後人類歷史的發展具有深遠意義。在整個 20 世紀，西方的文化和思想風靡全球。按照西方的觀點，不競爭屬於消極，競爭就作你死我活的鬥爭。而老莊則顯示和提倡在思想風範上的高境界，主張在競爭中和諧的發展，高層次的共存，從而使人類獲得正常有序、無限光明的前景。

　　由上可見，《還吾莊子》揭示千古之迷，揭示《莊子》和道家哲學、東方哲學的精義，完全可稱得上是一部新道家的奠基之作。沈善增先生接著將依次寫作《還吾老子》和《還吾列子》兩書，然後完成《還吾莊子》的其餘諸書。他志向於將道家的以上三部原典、經典著作做完整、全面、深入的評注並作理論闡發，還其偉大、親切的真面目，以宏揚中國和東方的優秀傳統文化。

　　筆者研究中國古近代美學、文學，兼及史學、哲學和比較文學，除處於主流的儒家文化之外，也一向心儀道家和佛家文化，並學習和關心有關的當代研究專著。沈善增先生的這本專著在出版以前，承作者的美意，我已認真通讀一過，出版後又反覆揣摩，今將閱讀一得整理如上，以供同好，並向學界求教。

　　　　　　　　香港道教學院《弘道》，2002 年第 15 期。
　　　　原題為《新道家的奠基之作——沈善增《還吾莊子》的卓特成就簡評》

〔註12〕《還吾莊子》，第 297 頁。

劍磨二十五年，舞出「唯道」新論

宮哲兵《唯道論的創立》簡評

　　宮哲兵教授的新著《唯道論的創立——質疑中國哲學史「唯物」「唯心」體系》全書共分四個部分：第一部分「唯道論的創立」，圍繞老子的「道」而闡述，創立「唯道論」的學說，寫於 2004 年，是作者最新的理論成果；第二部分「質疑中國哲學史『唯物』『唯心』體系」，寫於 20 世紀 90 年代；第三部分「《老子》到《易傳》——晚周辯證矛盾觀形成的歷史與邏輯過程」和第四部分「《左傳》、《國語》樸素辯證法思想範疇資料注評」，是作者於 20 世紀 80 年代初完成的碩士論文《晚周辯證法史研究》中的主要內容。

　　該書以唯道論為發端，然後質疑中國哲學史「唯物」「唯心」體系。本書後半部分「《老子》到《易傳》——晚周辯證矛盾觀形成的歷史與邏輯過程」和「《左傳》、《國語》樸素辯證法思想範疇資料注評，顯示了作者紮實的文獻工夫和為本書所作的堅實文獻準備。後半部分是前半部分的基礎。正因作者認真學習晚周的辯證法思想範疇的資料並作了精當的梳理和研究，在進入哲學研究領域的最初階段即深入掌握以中國表達方式所闡發的辯證思維方法，才能追本溯源地真正掌握整個中國哲學史，在中西哲學和思維結合的基礎上思考研究哲學論題，並進而否定中哲史研究中的「唯物」「唯心」研究模式，發現和創立中國哲學的唯道論。

　　該書在質疑中國哲學史「唯物」「唯心」體系時，首先指出產生這個體系的原因在於中國哲學史體系的泛化，並具體分析哲學起點的泛化、研究範圍的泛化、背景分析的泛化和泛化的原因；這樣便抓住了錯誤研究模式的根本，接著依次用有說服力的論述來提出中國古代唯心主義質疑、中國古代唯物主義質疑、中國古代先驗論質疑、中國古代反映論質疑、中國古代經驗論和唯理論

質疑和中國古代辯證法與形而上學鬥爭史質疑。同時具體分析哲學基本問題以及兩個派別的劃分不是絕對的，中國古代哲學的基本問題不是思維與存在的關係問題，中國古代哲學沒有唯心主義，中國人與歐洲人的傳統思維方式不同；中國古代不具有唯物主義的基本前提，早期陰陽學說、五行學說、氣一元論不是唯物主義；中國古代沒有先驗論、反映論，經驗論和唯理論是近代實驗自然科學的產物；形而上學的時代性以及它與樸素辯證發的關係，中國古代不具備形而上學的思維特徵。然後，作者又分別論證孟子和王陽明不是主觀唯心主義哲學家，孔子、孟子和宋明理學家不是先驗論哲學家，荀子、王夫之不是反映論哲學家，墨子不是經驗論哲學家，老子、孔子不是唯理論哲學家，董仲舒不是形而上學哲學家，陸象山不是唯心主義哲學家、陸象山的宇宙論不是唯心論。用五個層次周密、全面、有力地批駁和否定了中國哲學史「唯物」「唯心」體系。凡是優秀的劃時代著作都有極大的挑戰性，本書顛覆了中國近百年來兩三代人所信奉的哲學體系，鄧曉芒先生認為「特別是對這種治學態度的討論和重視，在 21 世紀開創中國哲學史研究的新時代。」

該書「唯道論的創立」部分，第一章為「老子的唯道論」，分別敘述道的淵源、道論的興起、唯道論的創立、唯道論的基本觀點和唯道論的理論突破；第二章是「道」的多學科透視，分論：從哲學上看，道是宇宙的生生之元、從科學上看，道是宇宙大爆炸從無生有的過程、從宗教上看，道是泛神論的自然性的精神、從文化學上看，道是中華民族的最高文化精神；第三章談「道與當代宇宙論」：道與宇宙大爆炸、道與宇宙生成、大爆炸宇宙論與當代人文理論；第四章介紹「當代道家」：當代道家的興起、當代道家的理論、當代道家的學術熱潮，最後一節再歸結到「唯道論」。

該書發表的唯道論的基本觀點是明晰的：萬有唯道所生，萬有唯道所成，道在萬有之中，萬有唯道所主。妙在根據全來自老子和個別的莊子的論說。本書認為：從戰國時代的莊子的「唯道集虛」之說，到 20 世紀新道家金岳霖的《論道》之作，唯道論不僅源遠流長，而且推陳出新，理論形態不斷更新，唯道論就是中國哲學史的主幹。本書的創新之處是在新的歷史條件下，再次整合唯道論的體系，用新的理論語言再次論述其重要觀點，並與錯誤觀點論戰，從而做出自己新的理論總結，同時也就做出了論者自己的帶有時代特點的發展。這就是創新，這樣的創新是真正的創新。只有在充分尊重前人和同代人既有優秀成果的基礎上的創新才是真正的創新。一切偉大的創新也都是這樣做出來

的。這應該是創新的科學邏輯。

「唯道論的創新」的最後是簡敘「唯道論的理論突破」，論述了唯道論突破天、帝信仰，創新為泛神論；突破泛道德主義，創新為自然主義；突破人道的視野，創新出宇宙生成論；突破務實的文化精神，創新出超越的文化精神。本書令人神往的內容便在這個部分。因為這個部分初步寫出了中國哲學的偉大精神和偉大力量，初步寫出了中國哲學高於西方哲學一個層次，並代表人類未來的精神發展方向的基本面目。

該書的不少觀點闡發得比較全面和深入。如，關於道的定義，本書嘗試以一種多學科立體透視的方法，探索其奧秘，認為，「從哲學上看，道是宇宙的生生之元，道與始基、本原是比較接近的概念。從科學上看，道是宇宙大爆炸從無生有的創造過程，道與宇宙總能量是比較接近的概念。從宗教學上看，道是泛神論的自然性的神，在修行層面，道與氣（神秘的活力或泛生命力）是比較接近的觀念。從文化學上看，道是中華民族的最高文化精神，道與邏各斯是比較接近的觀念。」這樣的論述，無疑是相當全面的。

如要深入研究道家和道教，研究「道」學，就必須涉及到其中的神秘文化。本書在這方面的論說也是比較得體的。以本書中「道即是『氣』」的觀點為例，本書在論述「從科學上看，道是宇宙大爆炸從無生有的產生過程」的一節中，又指出老子的道，「其中有精，其精深真。」「精即氣也。」從「道」與能量的比較角度，還指出：「氣大致是力與能量。日本小野澤精一說：「氣的思想概念，作為全體而言，可以視為是組成人和自然的生命、物質運動的能量。」「在德國，重點是生命力；在法國，重點是能量；在英美，中肯是內在力。」（第5、7頁）卡普拉也認為氣是生命的氣息與能量。他說：「氣這個字在字面上的意義是氣體或以太，在古代的中國用它來表示生命的氣息，或者表示使宇宙具有生氣的能量。」（第198頁）從這個角度看，本書贊成李景強先生關於「道是萬物的創造者」的觀點。

在「從宗教學上看，道是泛神論的自然性的神」一節，結合「神秘主義的力崇拜」的論述，作者又指出：「泛神論在宗教實踐中一般都導致神秘主義，主張通過宗教修行和神秘的直接體驗達到梵與我、道與人的合而為一。在修行層面，道是一種神秘主義的活力、能量和生命力，人可以在修煉中體驗它，擁有它，更多地獲得它，最終多到與它合一的程度。老子、莊子常用氣的概念來表示這種神秘的活力、能量或生命力，氣是『道』的一種形態。《老子·四十

二章》:『萬物負陰而抱陽,沖氣以為和。』《莊子‧知北遊》:『通天下一氣耳。』陳榮捷先生在英譯本《老子》中,將氣解釋為精神和生命力。美國物理學家卡普拉認為氣是生命力與活力:『它在中國讀懂表示生命力或賦予宇宙以生機的活力。』」在此節,結合「道教修煉術」的論述,作者再指出:「中國道教雖然是信仰神靈的宗教,但也保存著神秘主義的力崇拜。道(或氣)被認為是一種神秘的活力或泛生命力,它彌漫於天地之間,也在人的體內主宰著生命與精神。誰能夠通過修煉而極多地就它獲取於體內,誰就能夠可以長壽甚至長生。誰能夠修煉到人與道(或氣)合一的境界,誰就能夠成為有神通而登天的神仙。道教的這種神秘主義修煉觀可以追溯到老子。《老子‧十章》:『載營魄抱一,能無離乎?摶氣致柔,能嬰兒乎?』……道教的養氣吐納術,可以追溯到老子的『摶氣為柔』與『玄牝之門』。……」

此外,關於佛學是否編入中國古代哲學體系之中,可以見仁見智。中國文化具有儒道佛三家鼎立和互補的宏偉格局,很少人會提出異議。佛學是博大精深的探索宇宙人生真理的高級學問。魯迅曾說:「釋迦牟尼真是大哲,我平常對人生有許多難以解決的問題,而他居然大部分早已明白啟示了,真是大哲!」作為力倡科學和新文化的五四闖將魯迅先生也對佛教發表過這樣通達的觀點,這是很不容易的,也是值得我們深思的。

宮哲兵先生在本書的自序中重申他在以前發表的論文中講過的一個重要觀點:在經歷了重大變革的當代學術界,「中國古代哲學不再是歐洲古代哲學的簡單翻版,也不再是對領袖人物幾句話的注釋和論證,而展現出本民族最優秀、最豐富、最獨特的哲學智慧,將它貢獻給二十一世紀的全人類」。本書無疑是實踐了這個觀點的出色成果。作者發表這部令人神旺的膽識兼具、氣魄宏大的著作,為中國哲學界、學術界和所有人文學者打開了眼界,無疑已是一部任何學派不可忽視的優秀著作。

原刊《武漢大學學報》,2005 年第 5 期

陳允吉《佛教與中國文學論稿》的精義

　　復旦大學中文系資深教授陳允吉先生的論文集《佛教與中國文學論稿》，精深博大，客觀公允，近期作為上海古籍出版社著名的「中華學術叢書」的一種出版，迅即引起了學術界的關注。陳允吉先生早在 1988 年即已在上海古籍出版社出版《唐音佛教思辨錄》，收錄論文 14 篇，附錄《佛學對文學影響研究之我見》（訪談錄）一篇，共 15 篇。除《論劉禹錫及其文學成就》和《〈詩序〉作者考辨》兩文之外，其餘 13 篇皆為佛教與中國文學關係研究的論文。佛教經典，文獻浩瀚，內容博大精深，國內研究文學的學者敢於望津的很少，陳允吉先生是很少的幾個研究佛教與中國文學的學者中的佼佼者之一，故而此書出版後，產生了頗大影響。此次出版新著，論文多達 40 篇，除了收入前書的 13 篇外，新增論文多達 20 篇，另有序文 7 篇，並仍保留了原書的附錄。眾所周知，陳允吉先生在 20 世紀 80～90 年代，曾任復旦大學中文系主任多年，他在繁忙的公務與教學之外，堅持筆耕，現今發表這麼多篇論文，非常不易。稍有遺憾者，限於本書的論題，研究佛教與中國文學關係之外的論著，都未收入本書，希望陳允吉先生以後將這些論著再出新書，以饗讀者。

　　陳允吉先生少時家境貧困，學習努力，壯盛之年則克服疾病，全力勤奮治學。在風雨如盤、無書可讀的文革期間，他因參加點交「二十四史」，作為熱愛學術的有心人，乘此時借閱圖書的方便，精讀了佛經的重要著作和一些近人所寫的佛教史名作。歲月如梭，他潛心研究佛教與中國文學，已有四十年，成果累累，心得很多。

　　過去有些學者研究佛教與文學的關係，往往只是去考證作家與佛僧的交遊，或從作品中引出一些有佛教內容的詞句而已，這些研究僅停留在問題的外

圍，而未能登堂入室。陳允吉先生則著力於佛教對文學的題材、形象、情節、語言及創作思想的影響，經過嚴密的科學論證，抓住這兩者的內部聯繫。於是他在我國古代文學創作領域中發現一個異常豐富的世界。

允吉先生的研究分三個方面，其一是佛經與文學，和變文的研究，如《論佛偈及其翻譯文體》《漢譯佛典偈頌中的文學短章》《什譯〈妙法蓮華經〉裏的文學世界》即是此類力作。其二是佛教藝術的美學研究，如《佛像之蹤跡與審美》《敦煌壁畫飛天及其審美意識之歷史變遷》等，皆在前人研究的基礎上有所前進。第三類是文學與中國文學的關係研究，允吉先生於此用力最多，收穫也最巨。主要是論述佛教與六朝文學，如《東晉玄言詩與佛偈》、《中古七言詩體的發展與佛偈翻譯》；尤其是佛教與唐代文學的研究，更在學術界處於領先的地位。

陳允吉先生的這方面研究，最先從王維著手，因為王維號稱「詩佛」，佛學造詣很高，他詩歌和繪畫作品無疑受到佛教思想的影響。一般學者認為佛教影響主要表現在一些抽象說理之作之中，允吉先生則認為佛教的理念滲透到他描繪的自然景色也即自然美形象中去了。其《論王維山水詩中的禪宗思想》以王維的寫景名篇為例，從詩歌的感性形象中，從內在意義上發掘其哲學思想的根源，多方面地分析其中表現的哲理思辨和佛教觀念。此後又陸續發表《王維「雪中芭蕉」寓意蠡測》、《王維與華嚴宗詩僧道光》、《王維與南北宗禪僧關係考》、《王維詩歌作品之佛理發微》等，共 8 篇。一般杜甫認為是儒家，允吉先生細微發掘杜詩中的點滴表現，發表《略辨杜甫的禪學信仰》。自 79 年起，則主要致力於李賀詩歌與佛教關係的研討，前後寫出《李賀與〈楞伽經〉》《李賀〈許公子鄭姬歌〉與變文講唱》等 6 篇。李賀不是佛教徒，但亦受到佛經和佛教世俗觀念較多的影響，允吉先生首創性地從這個角度去觀察、深入，把握到了李賀研究中的尚未涉及的問題，從李賀的宇宙觀、人生觀、創作思想中探尋到詩人深層思想中的矛盾衝突及其在作品中的表現。81、82 年之間，進入韓愈的研究，寫了《論唐代寺廟壁畫對韓愈詩歌的影響》《韓愈的詩與佛經偈頌》和《「牛鬼蛇神」與中唐韓孟盧李詩的荒幻意象》等 4 篇。此前，陳寅恪先生的《論韓愈》等論文，是研究佛教對中國文學影響的力作，識見高遠，尤其是他從反佛的韓愈中的作品，發掘出韓愈受佛教深刻影響的證據，功力深厚。允吉先生的論文繼陳寅恪之後，作出了新的重大貢獻，尤其是第一篇文章，研究韓愈愛好觀賞寺廟壁畫所產生美感體驗對他詩歌的感通影響，結

合韓詩的具體例證，分析唐代壁畫所表現的「奇蹤異狀」、「地獄變相」、「曼荼羅畫」的藝術形象在這些詩中所濡染刻烙的痕跡，指出了寺廟壁畫與韓詩雄桀險怪特色的內在聯繫。此文在《復旦學報》發表後，《中國社會科學》《高校學報文摘》、《文藝理論研究》《唐代文學研究年鑑》等先後摘要轉載或報導，影響很大。

唐代大詩人柳宗元和白居易是著名的佛學家或信仰者，《柳宗元語言的佛經影響及〈黔之驢〉故事的淵源和由來》、《從〈歡喜國王緣〉變文看〈長恨歌〉故事的構成——兼述〈長恨歌〉與佛經文學的關係》，都是考證嚴密、觀點新穎的優秀論作。此文指出《長恨歌》演繹的故事情節，大部分是摹襲、附會了《歡喜國王緣》，而其中方士尋覓楊貴妃蹤跡的這一段則受到了《目連變》的影響，其文學淵源可以追溯到印度佛經中的「有相夫人生天緣起」和有關目連的傳說。此文分析《歡喜國王變》，即《有相夫人生天因緣變》與《長恨歌》一樣，是講一對貴族夫婦「人天生死形魂離合」的故事，兩者都是描寫在女主人公縱情歡舞時出現悲劇的徵兆，而且變文還有「人間天上喜相逢」一句唱詞，與《長恨歌》中的詩劇非常相像。此文又進一步揭示這個變文故事的原型《雜寶藏經·優陀羨王緣》，發現其中還有女主人公有相夫人因恃寵而招致禍殃，以及她和國王一起立誓天上人間永不離棄的情節，證實了允吉先生撰寫此文時的推想。此文在《長恨歌》研究的深度上有著重大的突破。

允吉先生早在 1986 年接受訪談時，就結合他多年精深研究的體會，歸納和總結佛學對中國文學影響主要體現在八個方面：一、佛經的時空觀念、生死觀念和世界圖式的影響；二、大乘佛教的認識論和哲理思辨的影響；三、佛經的行文結構與文學體制的影響；四、佛經故事和佛經寓言的影響；五、佛傳文學和佛經敘事詩的影響；六、佛教人物和古印度神話人物的影響；七、佛教人物和美學思想的影響；八、佛經翻譯文字的語言風格產生的影響。這個總結是相當全面和深入的。而且允吉先生是從正面理論的，與當時及以後占文壇主流的指責作家詩人接受佛教的生死輪迴、因果報應等等「迷信」思想的論點大異其趣，但無疑更為客觀、公正和正確。

允吉先生除了自己的艱苦研究外，他指導博士生時，還指導和帶領學生從事這個領域的研究。他的學生繼承師風，有多篇博士學位論文和專著是佛教和中國文學關係的研究著作。本書中有七篇即為允吉先生為自己學生撰寫的有關書稿的序文，且全用文言撰寫，具有精練優美的獨特風格。

建構中國文學理論體系的有益嘗試

祁志祥[註1]《中國古代文學原理》簡評

　　上海學林出版社「青年學者叢書」推出祁志祥《中國古代文學原理》一書，近已引起讀者注意。眾所周知，本世紀我國通行的文學理論教材，在觀念、體系上幾乎都是西方的，中國民族文論，在其中只不過是點綴，甚至僅作為證實西方文論的素材。用西方文論解釋再現性的史詩、戲劇、小說是精當的。以此解釋表現性的中國古代詩文就顯得鞭長莫及或隔靴搔癢了。因此早在10多年前大陸學者就呼籲：建立具有民族特色的文學理論體系。有志於此，祁志祥先生用數年之工夫，鍥而不捨，撰成此書。

　　本書緒論開宗明義地提出中國文學原理的表現主義體系並詳加論述，提示了全書的主要內容和論述主旨。其主要觀點為：中國古代文學的價值觀念是「內重外輕」，即以治心為本，這是從古代中國學者以「國」為家，以人為本，「治國平天下」，最終歸結為「齊家修身」、「正心誠意」的價值取向轉換而來；於是中國文學尊奉「文，心學也」、「文以意為主」的心靈表現的文字作品的觀

〔註1〕上海市美學學會會長、上海交通大學人文藝術研究院副院長祁志祥教授從事美學研究四十年，成果豐碩，貢獻傑出。他的名著有《中國古代文學原理》（學林出版社，1993年）、《中國美學原理》（山西教育出版社，2005年）、《中國美學的文化精神》（上海文藝出版社，1996年）、《美學關懷》（上海文藝出版社，1998年）、《樂感美學》（北京大學出版社，2016年）、《佛教美學》（上海人民出版社，1997年）、《佛教美學新編》（上海人民出版社，2017年）、《中國佛教美學史》（北京大學出版社，2010年）、《中國美學全史》（上海人民出版社，2018年）、《中國現當代美學史》（商務印書館，2018年）等。主編《徐中玉先生傳略、軼事及研究》（百花洲文藝出版社，2010年）、《佘山學人的美學建樹》（中國政法大學出版社，2022年）等。筆者是最早觀照、評論和研究祁志祥教授美學研究的學者之一。

念。這種表現主義的文學觀念，是中國文學乃至中國藝術之「神」，是統帥中國古代文學理論的一根紅線。接著作者還比較中國表現主義文學作品的審美接受不同於西方文學接受的特點。西方講文學接受，是「披文入象」，通過文學語言把握它所反映的社會生活；中國古代講文學接受，則是「披文入情」。通過語言文字把握它所表達的思想感情。作者進而指出：由於古代作品大多講究含蓄不露的傳達，所以讀者對於作品中的「意」，往往不是一下子能看見的，而是要通過「一唱三歎」、「反覆涵詠」，慢慢咀嚼回味才能領略的。

早在 70 年代末至 80 年代初，山東大學周來祥教授首先指出中西文學在審美體系上的表現和再現的基本區別，但學術界於此深入討論不夠。祁志祥此書以中國文學原理的表現主義體系為全書之綱，作出刷新文學原理研究格局的有益嘗試，是有意義的。作者又指出：徐復觀在《中國藝術精神》中把莊子精神界說為中國藝術（主要指繪畫，亦與文學相通）之神。步承此旨，葉朗在《中國美學史大綱》中把中國古典美學的命脈描述為：通過有限走向無限，通過有形走向無形，這個「無限」、「無形」就是老莊式的「道」，即彌漫於宇宙、派生萬物的客觀實體。這個似是而非的結論並不符合中國古代「詩文書畫俱以精神為主」（方東樹語）的表現主義實情的。這「無限」、「無形」應是主體精神性的「意」。因為側重於用形式反映客觀內容的就形成再現性藝術，側重於用形式表現主觀內容就形成表現性藝術。如果我們既不作絕對化的理解又照顧到主導傾向，我們就不難達到這個共識：中國古代文學理論，就是對這種表現主義文學作品的理論概括。

《中國古代文學原理》全書 30 餘萬言，凡十二章，其宗旨是建構中國文學原理，即把中國古代的重要文學理論命題、範疇組合成一個科學系統，因此本書在寫作上首先注重系統式或曰整體的方法；其次又不時採取比較的方法，與西方古典文論、美學比較，以昭示中國古代文學原理的當代意義與世界意義；本書又十分注重用文化學的方法來考察中國古代文學原理的文化成因和文化性格，尤其是著眼於古代文論與民族的精神文化——儒家、道家、道教和佛教文化、宗法文化、古代哲學乃至治經用的文字訓詁學的聯繫，顯示作者寬廣的學術視野。

本書的不足之處是全書雖然較為全面、系統地闡述了古代詩文的重要理論範疇，但是像影響重大的「妙悟」說僅在「興會」說中略作附論，未能詳加闡發；源遠流長的「神韻」說，本書竟未論及；而對意義重大的「意境」說僅

作為「中國古代表現主義文學特徵論」來認識，似亦有以偏概全、喪失主流之弊。神韻、意境皆為古代文論的最大範疇之一，是揭示中國美學本質之論，且係現代文論體系難以概括之內容，是標彰古代文論體系的重大理論，極有突出介紹、闡發之必要。又從本書書名看，其內容不僅應包括詩文，也應包括小說和戲曲，更且它們也屬表現主義文學的體系，而本書僅作極其有限的點及，是遠遠不夠的。

但本書作為試圖建立中國文學原理學科的第一部著作，其所取得的學術成就已屬難能可貴。與前人相比，劉若愚《中國的文學理論》，主要是向西人論述中國古代文學的觀念，在學術性中兼顧普及性，加之用西文寫作的語言限制，又用西方理論作為闡釋的基本框架，而本書在論述範圍和探討的深度上，至少在有些章節上可謂勝於前賢。

署名金易，原刊上海《學術月刊》，1995 年第 8 期；
又收入祁志祥主編《佘山學人的美學建樹》，
中國政法大學出版社，2022 年

《中國美學原理》的首創之作

祁志祥《中國美學原理》簡評

　　祁志祥先生在 1993 年完成並出版《中國古代文學原理》(學林出版社) 一書後，便作撰寫《中國古代美學原理》的準備。此後，他相繼完成和出版了《中國美學的文化精神》(上海文藝出版社，1996 年)、《佛教美學》(上海人民出版社，1997年)、《美學關懷》(上海文藝出版社，1998 年)、《佛學與中國文化》(學林出版社，2000年)、《中國人學史》(上海大學出版社，2002 年)，共五種著作，在此基礎上於近期完成並出版了《中國美學原理》(山西教育出版社，2005 年)。祁志祥先生這本《中國美學原理》是一部揭示中國美學體系並作理論總結的綱領性的專著，是一部難寫的概括性很強的創新之書。他的前五部著作可以說是在為最後完成《中國美學原理》這部帶有首創性的專著作了堅實的準備，在這個基礎上，他終於成功完成此書，夙志告成，並取得了令人矚目的學術成就。

　　此書系統闡釋具有民族特色的中國古代美學思想，突破了中國美學研究的現有格局，以現代美學轉向中的感性學為進路，全面論述了中國古代美學思想及其特徵，細緻地剖析了儒道釋三家有關美的共相與殊相，注重學科間的交叉、溝通與交融，把美學問題置於大的文化背景中，盡力用民族的思維與話語去闡釋中國古代的美學思想，探索中國古代美學的民族品格和文化成因，為中國古代美學思想研究開拓了新的思路。

　　中國文化自魏晉南北朝起進入一個突破儒學獨尊的新的發展階段，中經隋唐和五代，到宋代終於形成儒道佛三家鼎立和互補的宏偉格局，並形成新的文化高峰。王國維和陳寅恪兩先生都認為宋代是中國文化的最高峰，其最基本的認識基礎也即在此。中國文化於明清兩代繼此前進，最終形成了我們今日所必須繼承、並在此基礎上才能進一步發展並取得現代中國文化繁榮和昌盛的

中國傳統文化。中國美學也是如此，中國美學是儒道佛三家鼎立和互補的宏偉而精深的美學。祁著對此有非常清醒和深刻的認識，作者在《前言》中強調：「中國美學精神是一個複合的互補系統。」本書「同時在一本專著中對儒家美論、道家美論、佛家美論加以比較研究，分別揭示儒家、道家、佛家對美的本質及其形態的不同認識和古代美學思想學派屬性的差異，以圖使人對中國古代不同思想流派的美學思想之個性有一個整體的把握。」此書在這方面確實做得較好。本書上編「美的共相」之三「以『道』為美」和之四「同構為美」都論述各家包括儒道佛三家的觀點，中編「美的殊相」則系統而清晰地介紹儒道佛三家的美論，下編「美的感知」分說審美特徵論和審美方法論，依舊貫穿儒道佛三家的重要美學成果，可見作者在對儒道佛三家（兼及其他諸家的美論）作了分別的深入梳理和總結的基礎上，分析三家美學的各自特色和交互融會，這樣就使本書做到了較為生動完整和系統深入地反映了中國美學的真貌和全貌，同時還反映了中國美學融合東方美學的精華，中國美學實際上代表著東方美學的史實。

20 世紀以來，由於學界已習慣以西方文化觀念為中心的視角來觀察和評論中國文化包括美學，所以對中國美學產生了種種的貶低和偏見。其中流行最廣的一個偏見即：中國美學缺少全面、系統的專著，中國美學沒有體系和嚴格規範的範疇、概念，中國美學家的論述和著作多屬個人經驗式或感悟式的零星觀點，尚未產生科學的嚴密的理論。總之，中國不及西方。這是用西方的標準來看待中國美學的錯誤結論。事實是如何呢？

中國美學在先秦兩漢時期的總體成果大致與先秦羅馬相當，此後千餘年直至明末清初則領先於世界。祁著此書充分顯示了這個史實。書中蔚為大觀的美學概念、原理的豐富內容，多創造於這個歷史階段，而同時之西方則建樹貧乏。另外，中國美學在南朝齊梁時代即出現了體大思精的美學專著《文心雕龍》。《文心雕龍》全面系統地總結了先秦兩漢至魏晉共約一千五百年的文學創作的經驗，在此基礎上構築自己的理論大廈。而同時的西方尚無這樣體例完整、結構嚴密、視野寬廣的美學著作。現代西方具有美學體系的美學著作是康德首創而興起的。此前，除亞里斯多德的《詩學》外，也無體大思精的美學著作。中國自《文心雕龍》至明末也即康德之前的千餘年中，美學上的總體成就超過西方，此後也有很多傑出的成果。到清末已有二千五百年歷史的中國美學的理論發展呈現著積累型的顯著特點。歷代論者的重要著作，直至 20 世紀初

期產生的王國維《人間詞話》，都是如此。由於中國古近代美學家的思維和寫作習慣使然，他們不像西方學者那樣，使用現代西方的論文和專著的形式表述而已。而中國美學的體系則是這些著作中客觀存在著，體現著歷代美學家的智慧積累，並業已凝結成豐富的輝煌理論成果。中國學者習用的詩話詞話體、評點體，適合當時中國讀者閱讀和欣賞的習慣，這兩種理論體裁在表述上具有靈活、靈動、生動和活潑的特點，也有自己的優勢，與西方美學創自柏拉圖的對話體和亞里斯多德的專著體，各有千秋，互有短長。歷史悠久的詩話詞話和評點體這兩種理論體裁是中國美學家為世界美學史作出的獨特而輝煌的創造，與柏拉圖的對話體和亞里斯多德的專著體一樣，為世界美學史作出了巨大而影響深遠的貢獻。在當代的學術界，中西不同的美學著作體裁都仍需要，盡可多元並存，並行不悖。時代在前進，自 20 世紀初期起，中國學者學會了西方的研究方法，取得了新的成果。

為適應當代讀者和學術界的需要，祁著《中國美學原理》即運用學自西方、當前世界流行的專著體，比較完整全面地揭示、梳理和論述了中國美學的體系，並作了深入的闡發，以豐富、系統的論說內容闡明中國美學所存在的體系和中國美學體系的完整性及其卓特的成就。為適應專著體的需要，祁著在全書的論述中都能將各個理論概念和重要論述從原創到發展的各重要階段的重要觀點進行羅列、排比和歸納，在這個基礎上以明晰精當的語言提煉出各種概念和論述的定義和派生的後起的新義，最後作出總結性評價性的結論。

本書上編「美的共相」指出中國古代關於美本質的哲學界定是「味」，價值界定是「心」和「道」，心理界定是「同構」，形式美的認識是「以『文』為美」。除介紹、解釋和比較中國各家的觀點外，上編和全書都與西方古今的論說作出頗為精當而又要言不煩的異同比較和評價。如西方美學中雖然也有以道為美的觀點，但西方美學的主流觀點認為可為美的「道」更多地傾向為一種知性概念，以「理式」、「理念」為美，實即以「真」為美，而不像中國美學認可為的「道」鮮明地體現為道德概念，以「道」為美，即以「善」為美。的確，中國古代道德與藝術合一的觀念，並因此而產生的「文以載道」思想，指出其合理性，分析其深厚的文化淵源，在論述中還能深入到文學藝術家之內心。

中國古代美學家的著作，文字艱深或玄妙，思維活躍而且常呈跳躍性的展現，表達上卻常常點到為之，因當時讀者都能心領神會，故不作明晰解釋，而今人則深感領會和闡發之難。種種誤解包括指責缺乏體系，界定困難等，都由

此而來。當今不少著作，在理論難點上往往含糊其辭。還有一些論者自己沒有讀懂原文，卻輕下結論，對前人的指責和批評多於闡發和總結。祁著《中國美學原理》則在前人沒有理清的眾多疑難麻煩之處，下了極大的研讀工夫，全書尤其是作為重點的中編「美的殊相」，對中國美學的各種大小概念和理論觀點，都能避開不少論者慣用或生硬套用的西方理論語言，使用清楚明白曉暢而且要言不煩的本民族的現代語言說出其定義、派生義和理論精粹，綜合哲學、詩論、文論、戲曲理論、書畫理論，並運用語言文字學，全面地給以理論的闡發和評價，觀點鮮明，評價正確，充分顯示了作者經過長年深思熟慮和理論寫作所積累的深厚學術功力。如「道家美論」第二章「以『妙』為美——道家論美在有限通向無限」，共分「神而不知其跡曰妙」、釋「玄」、釋「遠」、釋「逸」「古」「蒼」「老」和釋「神」「微」「幽」「絕」，共 5 節，將玄妙難解的道家美學概念和思想，用明快的語言解釋和闡發。如釋「神」，首先列出《易傳》《尚書》《孟子》和唐代畫論中的觀點和論述，然後作者再補充說：「陰陽變化，無所不通，而又不留痕跡，不可知之，這就是神妙的『神』。」

　　祁著觀察細緻，論述精密。如在解釋「適性」「任性」時，順便指出郭象歪曲莊子和道家的觀點（第220頁）。

　　當然，事無十全。祁著可能因篇幅有限，又因是首創之作，有的論題也偶有申述不足的微瑕。如上編第四章「同構為美」的理論內容，以前的文論和美學著作中頗少有人注意，本書作了全面而系統的梳理和闡發，頗具新意，非常不易。但不足的是，「儒道佛論『同構為美』」一節中，本書引孟子、荀子之言，指出儒家發現了五官之美處於同一「感覺——形式」結構，因而可以相通：「味覺快感與視覺快感、聽覺快感可以相通」，（第49頁）卻未能進一步指出這即是錢鍾書先生首先發現並做過精闢論述的「通感」。錢鍾書先生曾發表名文《通感》，首次提出了中國美學中著名的「通感說」，他在此文中還引了莊子和列子等道家經典，和《首楞嚴經》「由是六根，互相為用」等佛家經典和禪宗名著中的有關觀點。此外，《涅槃經》也曾說過：「如來一根則能見色聞聲」，「一根現爾，餘根亦然。」亦皆此意。祁著未能徵引道佛兩家的同樣見解，並指出這是「通感」，是美中不足之處。另如中編「道家美論」章「自然為美」第七節介紹的明代「本色論」名家對《西廂記》和《琵琶記》的評論大有偏頗（第200～201頁）。他們強調「本色」的理論見解是正確的，但評論作品和創作實踐方面的成就則遠遠不及他們的對立面，這場關於「本色」之美的爭論有很大的複

雜性，不能簡單作出是非的評判，更不能不加辨說地正面引用「本色」派理論家對《西廂記》和《琵琶記》這兩部戲曲經典的錯誤的否定性言論。再如「佛家美論」中「法圓為美」節討論「無法而有法，有法至無法」時，未能進而說出古人高度讚美的「至法無法」這個最重要的帶有終極性的方法論的觀點，令人不免有功差一簣之憾。

　　儘管偶有不足，這並不影響本書是一部結構嚴密，思路清晰，視界恢弘，精見迭出，並在中國美學原理的較為全面完整的梳理總結和闡發方面具有首倡意義的優秀理論著作。且觀照上文述及的中西美學歷史的發展概況和中西學術界流行的偏見，祁著《中國美學原理》的重大理論意義和現實意義，也已卓然顯現。

中國美學巨大成就及其最新總結

祁志祥《中國美學全史》評論

中國美學歷史悠久，成果眾多，取得豐富而巨大的成就，而且在有些方面取得了超越西方的巨大成就。可是在反傳統思潮佔據文壇、學壇的 20 世紀，由於學界已習慣以西方文化觀念為中心的視角來觀察和評論中國文化包括美學，所以對中國美學產生了種種的貶低和偏見。其中流行最廣的一個偏見即：中國美學缺少全面、系統的專著，中國美學沒有體系和嚴格規範的範疇、概念，中國美學家的論述和著作多屬個人經驗式或感悟式的零星觀點，往往僅是零碎的片段，敘述含混、朦朧、沒有理論體系，尚未產生科學的嚴密的理論。總之，中國不及西方。這是用西方的標準來看待中國美學的錯誤結論。

的確，中國古代美學家的著作，文字艱深或玄妙，思維活躍而且常呈跳躍性的展現，表達上卻常常點到為之，簡要而生動。因當時讀者都能心領神會，故不必作明晰解釋，而今人則深感領會和闡發之難。

針對這個現象，徐中玉先生指出：「描述的簡要性，是說古人論文談藝，一是重感性描述，具體生動，本身即文學作品；二是力求簡要，因為通道必簡，無須煩辭，旨在闡明大體、根源之一端，似無系統，聯繫起來往往十分明白。古代文論著作內容多樣，如保存故實、辨識名物、校正句字，比較異同等等，宗旨本不在於議論，其旨在議論者，除大都仍具有形象、感情特色，哲理、思辨、規律即深寓其中，甚至寥寥幾句，即能令人拍案叫絕，一字可抵廢話或老生常談上百、千、萬。」﹝註 1﹞並進而強調：中國古代美學「是一個極

﹝註 1﹞ 徐中玉《中國古代文論的思維特點及其當代趨向──在新加坡國立大學「漢學研究之回顧與前瞻國際會議」上的報告》，《激流中探索的──徐中玉論文自選集》，華東師範大學出版社，1994 年版，第 387～394 頁。

為豐富的寶庫，它對全人類文化有著重要貢獻，這是海內外學者都越來越公認的事實。」但長期以來依舊「不能從多方面、多層次、多角度既微觀地來分析發展它們豐富的意義和價值，又不能綜合地系統地、宏觀地來揭示它們在整個學術領域、民族文化構成中的精義與地位，所以它的影響還是不夠深廣的，它對繁榮當前文學創作發展理論研究的積極作用還遠遠沒有得到發揮。」〔註2〕

中國美學罕有倫比的巨大成就早就需要一部《中國美學史》給以完整記載和總結。早在 1960 年代初，美學大家宗白華（1897～1986）主編的中國第一部《中國美學史》〔註3〕原已列入全國高校統編教材的出版計劃。宗白華先生非常興奮，多次與老友湯用彤議論此書的寫作〔註4〕。其 60 年代初的研究生林同華回憶：「60 年代，宗先生開始主編《中國美學史》，還同湯先生談到研究中國美學的特殊方法和見解。湯、宗兩位先生都從藝術實踐所總結的美學思想出發，強調中國美學應該從更廣泛的背景上搜集資料。湯先生甚至認為，《大藏經》中有關箜篌的記載，也可能對美學研究有用。宗先生同意湯先生的見解，強調指出，一些文人筆記和藝人的心得，雖則片言隻語，也偶然可以發現精深的美學見解。以後，編寫《中國美學史》的工作，由於參加者出現了意見分歧，沒有按照宗先生的重視藝術實踐的精深見解和湯先生關於佛教的美學思想的研究方法去嘗試，終於使《中國美學史》的編寫，未能如朱先生撰寫《西方美學史》那樣順利問世。」〔註5〕宗白華先生的撰寫宗旨和重要想法，在當時難以通行，他只能放棄這部教材的編寫，致使中國第一部《中國美學史》未曾正式開步就無疾而終。改革開放以後，宗白華先生已經年邁，無力撰寫《中國美學史》，自 1979 年起先後發表了《中國美學史重要問題的初步探索》、《關於美學研究的幾點意見》和多篇專題文章，發表了許多精彩的觀點，拉開了中國美學史研究的序幕。現在祁志祥教授的最新一部《中國美學全史》出版，成為中國美學史的一件大事。

〔註 2〕 徐中玉《略談古代文論在當代文藝研究中的地位與作用》，《激流中探索的——徐中玉論文自選集》，第 375 頁。

〔註 3〕 宗白華《漫話中國美學》，宗白華《藝鏡》，北京大學出版社，1987 年版，第 273 頁。

〔註 4〕 宗白華《漫話中國美學》，宗白華《藝鏡》，北京大學出版社，1987 年版，第 273 頁。

〔註 5〕 林同華《宗白華全集·後記》，《宗白華全集》第四卷，安徽教育出版社，1994 年版，第 776 頁。

　　祁志祥《中國美學全史》體大思精，從先秦到當代，打通古今，藝術門類
齊全，全面完整地寫出了中國美學的歷史面貌。我贊成陳伯海先生讚譽此書
「集大成」，是中國美學研究的里程碑的觀點；也贊成毛時安先生讚譽此書因
內容豐富全面而具有工具書的作用，且因作者具有大胸懷，以大手筆的寫作，
形成了中國美學的大氣場。我個人的閱讀體會，具體說來，本書可以歸納為以
下六個重大的貢獻。

　　一、本書的理論敘述，以中國哲學為指導，用中國美學的概念和理論語言
梳理中國美學史。作者熟稔西方美學，又因美這個概念是西方首創的，本書能
遊刃有餘地適當引用和比照西方美學的重要概念和論述，但是完全避免了以
往不少中國美學史著作以西方的理念和概念來評論和分析、硬套的弊病。例如
最常見的現實主義、浪漫主義等術語，本書避開不用。

　　二、本書在體例上有一個創新，首先由前言總結已有中國美學史著作的得
失，以明確坦率的觀點，具體指出其不足，從而提出自己的觀點，作為本書寫
作的後出轉精的特色和目標。本書對宗白華之後，本書之前的重要美學史著
作，如李澤厚、劉綱紀和葉朗的《中國美學史》《中國美學史大綱》的嚴肅批
評，說理充分，很有說服力，從而彰顯了本書撰寫的必要性，以及本書與前不
同、有所突破的重要意義。接著，全書 5 卷中第一卷，以整整一卷，全書五分
之一的篇幅，總論中國美學與中國美學史的總體問題——美學、美與中國古代
美學精神。

　　第一卷在內容結構上也有創新，在第一章談定義、考察範圍，第二章提出
美是有價值的樂觀對象這個獨創性的總論之後，第四、五、六章分別綜論儒家
美論、道家美論、佛家美論，中國古代三大文化主體儒家、道家、佛家對美的
24 個重要觀點。第七至十一章論述中國文學與美的關係的歷史考察、中國古
代文藝美學的主體表現精神、藝術審美特徵、美感特徵和審美方法論，其中著
重還論述了中國美學最重要的意象說和意境說。

　　第一卷體現了本書史論結合的特點。第一卷的總論，梳理和論述了美學史
發展中的重要理論問題，並形成理論指導，以後四卷，就能夠線索眾多而面目
分明、內容豐富而避免繁雜，分述名家、名作和著名理論連綴成完整而有序的
美學史。

　　而第一卷論述的儒道佛三家美學的重要觀點，自其創始、發展和最後形成
及影響，過程分明，因此各篇猶如一個比較完整的概念史，是一種以觀點和概

念為闡發主體的美學史。

本書第一卷即第一編取得的理論成就,建築於作者多年著述的積累。祁志祥多年前即已出版《中國古代文學原理》〔註6〕《中國美學的文化精神》〔註7〕和《中國美學原理》〔註8〕,為本書第一卷的撰寫建立了堅實的基礎。

《中國古代文學原理》的緒論開宗明義地提出中國文學原理的表現主義體系並詳加論述,其主要觀點為:中國古代文學的價值觀念是「內重外輕」,即以治心為本,這是從古代中國學者以「國」為家,以人為本,「治國平天下」,最終歸結為「齊家修身」、「正心誠意」的價值取向轉換而來;於是中國文學尊奉「文,心學也」、「文以意為主」的心靈表現的文字作品的觀念。這種表現主義的文學觀念,是中國文學乃至中國藝術之「神」,是統帥中國古代文學理論的一根紅線。接著作者還比較中國表現主義文學作品的審美接受不同於西方文學接受的特點。西方講文學接受,是「披文入象」,通過文學語言把握它所反映的社會生活;中國古代講文學接受,則是「披文入情」·通過語言文字把握它所表達的思想感情。作者進而指出:由於古代作品大多講究含蓄不露的傳達,所以讀者對於作品中的「意」,往往不是一下子能看見的,而是要通過「一唱三歎」、「反覆涵詠」,慢慢咀嚼回味才能領略的。

此書的觀點,明顯形成了本書的基礎。而依據其博士論文《中國古代關學精神》改定而成的《中國美學原理》,在全書的論述中都能將各個理論概念和重要論述從原創到發展的各重要階段的重要觀點進行羅列、排比和歸納,在這個基礎上以明晰精當的語言提煉出各種概念和論述的定義和派生的後起的新義,最後作出總結性評價性的結論。全書都與西方古今的論說作出頗為精當而又要言不煩的異同比較和評價。如西方美學中雖然也有以道為美的觀點,但西方美學的主流觀點認為可為美的「道」更多地傾向為一種知性概念,以「理式」、「理念」為美,實即以「真」為美,而不像中國美學認可為的「道」鮮明地體現為道德概念,以「道」為美,即以「善」為美。的確,中國古代道德與藝術合一的觀念,並因此而產生的「文以載道」思想,指出其合理性,分析其深厚的文化淵源,在論述中還能深入到文學藝術家之內心。

當今不少著作,在理論難點上往往含糊其辭。而《中國美學原理》在前人

〔註6〕祁志祥《中國古代文學原理》,學林出版社,1993年版。
〔註7〕祁志祥《中國美學的文化精神》,上海文藝出版社,1996年版。
〔註8〕祁志祥《中國美學原理》,山西教育出版社,2005年版。

沒有理清的眾多疑難麻煩之處，下了很大的研讀工夫。全書尤其是作為重點的中編「美的殊相」，對中國美學的各種大小概念和理論觀點，都能避開不少論者慣用或生硬套用的西方理論語言，使用清楚明白曉暢而且要言不煩的本民族的現代語言說出其定義、派生義和理論精粹，綜合哲學、詩論、文論、戲曲理論、書畫理論，並運用語言文字學，全面地給以理論的闡發和評價，觀點鮮明，評價正確，充分顯示了作者經過長年深思熟慮和理論寫作所積累的深厚學術功力。如「道家美論」第二章「以『妙』為美——道家論美在有限通向無限」，共分「神而不知其跡曰妙」、釋「玄」、釋「遠」、釋「逸」「古」「蒼」「老」和釋「神」「微」「幽」「絕」，將玄妙難解的道家美學概念和思想，用明快的語言解釋和闡發。如釋「神」，首先列出《易傳》《尚書》《孟子》和唐代畫論中的觀點和論述，然後作者再補充說：「陰陽變化，無所不通，而又不留痕跡，不可知之，這就是神妙的『神』。」其中不少觀點，在本書得到繼承。

有這麼堅實的基礎，本書在緒論列出中國美學史的分期和時代特徵的基礎上，第一編就能高屋建瓴地論述美學、美和中國古代美學精神，全面深入、詳盡地論述了中國古代重要的美學流派和概念，使第一卷高屋建瓴的論述，本身即已成為中國美學門類史、流派史和美學概念史。這與全書的主體部分，即以名家名作為主要敘述內容的美學史，相輔相成，融為一部非常完整的史論結合的中國美學史。

三、對中國古代美學精神的正確把握是本書的一個重要成績。

例如本書第一卷第三章第五節《同構為美》，將天人合一和天人感應，作為中國美學精神的一個重要方面〔註9〕，又指出天人合一同源同質，同構，互感〔註10〕並展開討論〔註11〕。這些都是難能可貴的。現已出版的眾多中國美學史著作，和眾多中國古代哲學研究著作對此缺乏認識，更無力掌握天人合一的實質〔註12〕，本書則以《呂氏春秋》的論述為根據，清晰介紹古人對這個問題的精當認識。這充分顯示了作者的文獻掌握工夫、觀點正確與否的辨別工夫和論題闡發的出眾能力。

第一卷對一些重要美學觀點，做了精當的闡發。例如情景交融和與山水為友，這是與江山之助有關這個中國古代美學的重要理論的一個重要論述。

〔註9〕本書第一卷《前言》，第13頁。
〔註10〕本書第一卷，第137頁。
〔註11〕本書第一卷，第135～139頁。
〔註12〕筆者即將發表《論天人合一》一文，論述此題。

　　四、本書論述的門類齊全，超過所有現已出版的各種美學史著作，取得了突出的成就。

　　宗白華先生主張：「我們學習中國美學史，要注意它的特點：（一）中國歷史上，不但在哲學家的著作中有美學思想，而且在歷代的著名詩人、畫家、戲劇家……所留下的詩文理論、繪畫理論、戲劇理論、音樂理論、書法理論中，也包含有豐富的美學思想，而且往往還是美學思想史中的精華部分。這樣，學習中國美學史，材料就特別豐富，牽涉的方面也特別多。（二）中國各門傳統藝術（詩文、繪畫、戲劇、音樂、書法、建築）不但都有自己獨特的體系，而且各門傳統藝術之間，往往互相影響，甚至往往互相包含。因此，各門藝術在美感特殊性方面，在審美觀方面，往往可以找到許多相同之處或相通之處。」最後強調：「充分認識以上特點，便可以明白，學習中國美學史，有它的特殊困難條件，有它的特殊的優越條件，因此也就有特殊的趣味。」〔註13〕他這段話，說的是「學習中國美學史」的心得，實際上將自己的撰寫中國美學史的宗旨和內容，無私地告誡後學，因為他的因這些觀點得不到學生的承認而失去了撰寫中國美術史的機會，他只能講是「學習」了。而祁志祥先生撰寫本書的古代部分，既彙集了儒、道、墨、法、佛、玄等各派的哲學美學，又全面觀照了詩、文、書、畫、音樂、園林各種藝術門類，成為一部完整的中國美學史。

　　在材料引證方面，各個時代的詩論、詞論、曲論、文論、戲曲和小說理論、書論和畫論、音樂理論、園林理論中反映的美學思想，旁徵博引，琳琅滿目。

　　因此本書實現了宗白華先生的遺志，同時本書也克服了宗白華先生所說的「特殊困難條件」，顯示了中國美學史的豐富多彩，也傳達了中國美學史的「特殊的趣味」。

　　尤可注意的是，儘管本書第二卷至第四卷在中國古代美學史的敘述中，儒家美學、道家道教美學、佛家美學始終是同時並進的三條哲學美學線索，但是本書突出了儒家為主體而道家與佛家為輔助的美學史真相。

　　五、本書的名家和名作的評論，多有精義。例如《世說新語》專列一節，提煉其中人物言論中的美學成分，做了頗為精當的分析和評論。因篇幅所限，

〔註13〕宗白華《中國美學史中重要問題的初步探索》，宗白華《藝鏡》，北京大學出版社，1987 年版，第 322 頁。

不再詳細舉例。

六、本書的佛教美學的內容豐富、完整，是中國美學史著作的一個重大突破。

佛教在漢代傳入中國後，經過一千多年的努力，中國將整個佛教寶庫吸收為自己的文化的一部分自魏晉南北朝起進入一個突破儒學獨尊的新的發展階段，中經隋唐和五代，到宋代終於形成儒道佛三家鼎立和互補的宏偉格局，並形成新的文化高峰。王國維和陳寅恪兩先生都認為宋代是中國文化的最高峰，其最基本的認識基礎也即在此。中國文化於明清兩代繼此前進，最終形成了我們今日所必須繼承、並在此基礎上才能進一步發展並取得現代中國文化繁榮和昌盛的中國傳統文化。中國美學也是如此，中國美學是儒道佛三家鼎立和互補的宏偉而精深的美學。佛教對中國文學和美學產生了巨大的影響，其文化和美學已成為中國文化和美學的重要組成部分〔註 14〕。作者祁著對此有非常清醒和深刻的認識，祁志祥曾出版《佛教美學》〔註 15〕和《佛學與中國文化》〔註 16〕，尤其是前書，完整和深入地論述了佛教美學，將不少人視為畏途的艱深佛教美學語彙，給以清晰的解釋和明瞭的闡發。有此豐厚基礎，本書的佛教美學內容豐富而完整，論述深入而精到，就很自然的了。當年宗白華和湯用彤先生關於中國美學史必須充分涵蓋佛教美學的觀念，在本書中有很好的貫徹。

因此，祁志祥先生的《中國美學通史》既是前輩宗師殷切期望後學的產物，也是他獨創的優秀學術論著。意義重大，值得珍視。

本文為「上海高校高峰高原學科建設計劃」資助項目，

原刊《上海文化》，2019 年第 8 期；

又收入《佘山學人的美學建樹》題目改為

《〈中國美學全史〉的六大貢獻》），中國政法大學出版社，2022 年

〔註 14〕 參見拙文《論中國美學在世界美學史上的地位和意義》（原載《藝術美學新論》，華東師範大學出版社，1991 年）和《論印度佛教文化對中國文學的全面滲透和巨大影響》（原刊《中國文化與世界》第五輯，上海外語教育出版社，1997 年）。

〔註 15〕 祁志祥《佛教美學》，上海人民出版社，1997 年版。

〔註 16〕 祁志祥《佛學與中國文化》，學林出版社，2000 年版。

中國文學火種艱難西行的一條軌跡

張弘著《中國文學在英國》簡評

優秀的文化成果理應通過交流而為世界各國所共享，這已成為 20 世紀世界各國學術界、知識界之共識。文學也不例外。福祿特爾曾比喻說：「文學即如爐中的火，我們從鄰居借火把自己的點燃，然後再轉借給別人，以致為大家所共有。」這個妙喻確切道出了文學跨國交流之真義。

自本世紀初起，中國文學界大量翻譯和引進世界各國的文學作品，尤其是西方即歐美作品。一般青年讀者由於古文底子不足，又因批判封建文化所產生的負面影響，不愛閱讀或讀不懂中國古代文學作品，喜歡閱讀並十分崇拜用白話文譯過來的外國文學名著和通俗作品。這種傾向尤在 80 年代至今為更明顯。

實際上，自紀元前至 18 世紀，中國文學在作品數量和總體成就上和整個西方文學大致相當；在一個漫長的時期中，中國文學還獨領風騷或領先於世界。自 17 世紀始，西方的一些大文豪如伏爾泰、歌德等，即對中國文學的一些作品給予極高評價，儘管當時僅有少數作品譯介為西文，他們只是窺到巨豹之一斑而已。

但由於中文之學習困難，尤其是古文之學習困難對華人來說亦如一門高深之外語，因此幾百年來能真正掌握中文者極少，加上中國的社會、文化背景與西方差異很大，這都給中國文學優秀作品之西譯造成很大的困難。自 19 世紀中葉以後，中國的積貧積弱造成被西方列強任意欺凌乃至宰割的政治、經濟形勢。隨著國家國際地位的日益下降，中國文學的國際地位也每況愈下。於是中國文學向西方的傳播面和速度皆不能與西學之東漸同日而語。

儘管如此，西方學者（包括神學者）中的有識之士和漢學家奮力打破當時

歐洲中心論這個主宰歐洲學壇的陋見，熱情地、不遺餘力地向歐洲讀者譯介、傳播中國文學，做出可貴的實績。

為介紹和總結千餘年來中國文學向東西方傳播的歷史情況和經驗，以樂黛雲、錢林森為正副主編的北京大學、南京大學《中國文學在國外》叢書在改革開放、中國文學將進一步大範圍走向世界的歷史轉機之時應運而生，具有十分重要的意義。而遼寧師大張弘副教授所著《中國文學在英國》（28 萬字，花城出版社，1992 年 12 月第 1 版），無疑是其中的一部力作，值得向學術界和讀書者推薦。

《中國文學在英國》全書凡九章；前有《小引》，略敘本書宗旨；後有《餘論》，總結「影響研究的形態學方法」；最後附有《中國文學傳入英國大事年表》、《西文參考書目（附漢譯）》、《專名通譯對照表》等重要資料，頗具參考價值。

全書之九章，從目錄看即知脈絡分明，在結構上頗具匠心。全書可分五個部分：一、第一章，《朦朧中的光與影》，介紹「中國和中國文學在 17 至 18 世紀的英國」；二、第二章，《從地平線走來》，總論「19 世紀以來英國譯介中國文學的新局面」；三、第三至第六章，分體介紹詩歌、小說、戲曲作品在英國的譯介和傳播；四、第七、八章，《飄逸的群星》和《另一個景觀》，勾勒 20 世紀中國現代和當代文學在英國譯壇和學壇的總貌；五、第九章《光榮的夢想》，「從英國漢學界最近的反省看中國文學在英國的前景」，其中第三部分即第三至六章是本書的內容重點，其內容為：《詩之華——中國古典詩歌在英國》《詩之魂——中國古代詩人在英國》，《東方的羅曼史——英國對中國古代小說的譯介》、《在多重的帷幕後——英國對中國戲劇文學的譯介》。全書結構嚴謹，脈絡分明；從目錄即可看出全書史論有機結合、文筆生動俊麗的寫作特色，具有引人入勝的效果。

《中國文學在英國》作為本課題的第一部專著在學術上有不少獨創性的成果。首先，作者在撰寫本書時，非常重視和充分吸收學界前輩錢鍾書、楊周翰、范存忠、方重等的研究成果，同時又不迷信前人，對他們的筆路藍縷之作提出不同見解或觀點。如作者不同意范存忠的著名論文《〈趙氏孤兒〉雜劇在啟蒙時期的英國》中關於哈切特和謀飛所作的兩個《中國孤兒》同名劇本是元雜劇《趙氏孤兒》的改編本的著名觀點。作者認為此兩劇是屬於「中國主題」的英國戲劇，並提出三條論據：一、馬若瑟的英譯《趙氏孤兒》只有賓白，而

無曲詞，實際等於全劇的梗概，這是不足以成為改編的根據的，因此在當時英國根本不存在據以改編的原劇本；二、哈切特和謀飛的《中國孤兒》，從時間、人物、情節、矛盾衝突、場景、臺詞等等的設置，均和《趙氏孤兒》有很大出入；三、劇本的主題根本不同。作者論據充分，論證完密，論點有力，在與前人商榷之同時提出自己全新、獨到見解。《趙氏孤兒》在西方的影響和英法德作家、文豪的再創作，是比較文學中的一個著名、重要的課題，本書在這方面作此有益探討，無疑是一個較為重要的學術成果。

更重要的是作者在本書中推出一些重要的研究成果。如第二章第三節專評翟理思的《中國文學史》，全文長達一萬數千字，可以看作是一篇相對獨立的專題論文。作者高度評價英國 19 世紀漢學的三大星座之一的翟理思撰寫的世界上第一部《中國文學史》專著。作者認為此書「可以說是 19 世紀以來英國漢學界翻譯、介紹與研究中國文學的一個總結，在某種程度上代表了整個西方對中國文學總體面貌的最初概觀。」指出此書「在一定的意義上」既「對中國文學所作的歷史的總體的描述，同時也是立足於西方文化傳統的背景，運用西方學術觀念，對中國文學進行的建構。」本節在具體述評此書的主要內容、特點和成就之後，又引鄭振鐸先生對此書的兩點讚揚，並對鄭先生對此所持的總體性指責，如「Glies 此書實無可以供我們參考的地方。」「總之 Giles 這本《中國文學史》百孔千瘡，可讀處極少」，作出具體有力的反駁。作者除舉例說明鄭先生求全責備的偏頗，「有些地方，恰恰是作者的匠心，鄭先生卻沒有看出來」，反而作了錯誤的批評外，作者又令人信服地道出一條帶有普遍性的評論理論著作的一條前提：「翟理思的《中國文學史》的寫作，並非是為了供中國學者作參考，而是為著向英國讀者做介紹。」而鄭先生的批評誤區恰在於「在提出批評時忘記了」這麼「一個重要前提。」作者對此書的缺點也作實事求是、恰如其分的分析，同時又作比較性的論證。如指出此書「敘述文字簡繁詳略不當」時，具體分析其中的複雜原因：「有外國讀者對中國文學的接受勢態問題，有些我們認為並不重要的作家，他們卻很重視（這種現象在中國讀者接受外國文學的過程中也能見到，如伏尼契的《牛虻》和奧斯特洛夫斯基的《鋼鐵是怎樣煉成的》在我國成了名著）；有編寫者掌握材料的程度問題」，等等。在分析其原因時與我國的相似情況作了橫向比較，很能給讀者以啟發。

本書對一系列中國文學名著在英國出版的英譯本和研究專著大多作出第

一次評價，尤其對吳世昌 1961 年在牛津出版的《論〈紅樓夢〉：18 世紀兩種評點抄本的批判研究》（中文又名《紅樓夢探源》）和霍克斯《紅樓夢》英譯本（編入「企鵝古典叢書」，1973 年初版，後多次再版）都用專節作詳盡分析評論，頗有研究深度。

　　本書的另一個特點是在具體分析評價英譯本和研究成果時，時時注意結合或總結普遍性的文學原理，從而加強了本書許多章節的理論深度，給讀者以較大啟發；由於本書是一本屬於影響研究的比較文學專著，因此作者在書末專闢《餘論・影響研究的形態學方法》一章，在回顧影響研究的歷史及其成就與不足的基礎上，提出自己「發生形態學」方法，為影響研究的今後發展提供重要參考。作者看到國內外學者紛紛提出建立比較文學的中國學派主張，而很少有人意識到：方法論的建設才是建立學派的首要前提。有鑑於此，作者特提出形態方法的一家之說，以期引起學界的重視。

　　如本文開頭所述，由於種種條件限制，中國文學在西方的譯介和傳播至今只能說剛起了一個開頭。瞻望 21 世紀，隨著我國綜合國力的不斷強盛和中國文學創作及理論取得應有的高度成就，自《詩經》以來的中國文學和先秦即有重要建樹、二千年來不斷發展的文學理論，必將全面、深入地介紹到西方和世界其他國家去，給各國文學以重大的借鑒，為世界文學、文藝理論和美學的繁榮發展作出應有的貢獻。

原刊《中國比較文學》，1994 年第 2 期，署名金易

「文以載道」、八股文的價值和
現代文學家的欠缺

蘇州大學教授劉鋒傑
《百年現代文論對於「文以載道」的批判》評議

　　2014・湖北恩施・中國古代文論第 19 屆年會暨國際研討會大會主題演講者 4 人，其中蘇州大學教授劉鋒傑《百年文論對於「文以載道」的批判》，由我當評議人。評議內容如下：

　　劉教授的論題很有意義，材料豐富，疏證和論述清晰，層次分明，觀點鮮明、基本正確。此文將百年理論風雲的一道濃鬱的景色，凝聚於一文。本文梳理反思百年現代文論對「文以載道」的批判，主張理論發展的多元並存和互補共榮，這是很正確的。「文以載道」的文學作品是非常需要的，非常必要的，予以批判和否定是不當的；但也不能獨尊「文以載道」，要百花齊放。古代極力主張「文以載道」的作家都是文學大家，他們的創作內容非常豐富，也有很多與「文以載道」無關的抒情寫景的傑作。

　　總之，這是一篇好文章。但是其中涉及的兩個問題，我們還可以深入探討。

　　其一，文章中列舉的批判「文以載道」的學者，除了新文學陣營的，也有王國維直至鄭振鐸〔註1〕等人，多是提倡戲曲、小說的學者。例如王國維，其美學三大名著《紅樓夢評論》《人間詞話》《宋元戲曲考》，兩種是關於戲曲小說的論著。

　　他們在提倡戲曲小說時，反對「文以載道」；有時顯得比較絕端化，因為這些觀點都是他們的「少作」；而在另外的地方，尤其是中年成熟之後，他們

〔註1〕鄭振鐸雖然追隨魯迅，屬於新文學陣營的人士，但他的文藝觀與魯迅等不同，對於魯迅否定的傳統文化、文學和戲曲，都持肯定、讚揚的態度。

—849—

也贊成功利觀，也主張「文以載道」，因此他們並不是絕對的反功利觀。

言及戲曲小說，剛才曹順慶先生批評中國現當代文學史不收舊體詩詞，實際上還有戲曲、武俠小說等等，也都不收。而在 20 世紀中國的三大文藝體裁中，戲曲和中國畫處於世界文化藝術的前列，取得了偉大的成就；只有文學，20 世紀上半期，以新文學為主流，白話文學絕大多數作品的藝術水平差，很少有人看。而被新文學陣營否定的武俠小說風行天下，舊派和新派武俠小說取得了極高的藝術成就。瞿秋白給新文學以嚴厲批評，說新文學「嚴重脫離大眾」，全國至多只有一兩萬歐化青年，而讓武俠小說和連環畫「滿天飛」。賽珍珠在獲諾貝爾獎的儀式上給現代小說以嚴厲批評，學術權威、現當代文學專業的博導錢谷融甚至說看了這些作品，給以 4 字評價：上當受騙。他作為中國現當代文學教授卻幾乎不看現當代文學，甚至有點厭煩，他說：「因為上當多了就索性不看了，當年看了許多現當代文學，但有點受騙的感覺。」他的這個批評，近期在報上已經公開發表〔註 2〕。

有人說現在還要讚譽舊體詩詞和文言作品，是「倒退」。那麼魯迅用文言寫的《中國小說史略》，是北大教材，難道魯迅在北大搞倒退嗎？實際上魯迅等新文學家多喜歡寫舊體詩。阿英、巴人（王任叔）等人喜歡寫舊體詩，但不懂平仄和韻腳，胡山源教授告訴我，他主持《申報》副刊時，不刊登他們的舊詩，退稿時寫信勸他們：你們不要寫平仄、韻腳錯誤的舊體詩，這正好被反對新文學的人說，你們因為古文、詩詞水平差，所以提倡新文學。他們兩人就此懷恨胡山源先生。因此，藐視現當代舊體詩詞的現代文學史作者，首先是因為他們看不懂和無力欣賞舊體詩詞，無力欣賞戲曲，其次是有偏見。

至於反對「文以載道」的人士，也有兩個層次。第一個層次，王國維等人反對「文以載道」，是美學探討，他們自己也有文以載道的作品，他們有時反對，有時並不反對。第二個層次，魯迅和陳獨秀等反對文以載道，他們自己的文章也文以載道；但他們自己的不少文以載道的作品與被他們批判的古人相比，做得差得多。

其二，文章中引了反對八股文和徹底否定八股文的觀點。八股文是文以載道的文章，被反傳統者說成是僵死頑固落後的反動東西。此文沒有做必要的分

〔註 2〕 王華震《96 歲錢谷融：我實在不喜歡現當代文學》，上海《外灘畫報》，2014
年 1 月 18 日；石劍鋒《錢谷融：我的成就就是「批」出來的》，上海《東方早
報》，2008 年 3 月 7 日。

析和辨正，可見是贊成這些否定性的觀點的。

可是李贄《童心說》說，「天下之至文」自先秦起，「變而為近體，為雜劇，為《西廂記》《水滸傳》，為今之舉子業。皆古今之至文，不可得而時勢先後論也」。正確地將明代八股文抬舉到「至文」。《儒林外史》說好的八股文「一鞭一條血」，學好八股文才能做詩。胡適說八股文對戲曲創作大有裨益，因為都是代言體。當代有啟功、張中行、金克木、朱東潤和鄧雲鄉五大家，評論八股文，認為：八股文是藝術性最高的文學體裁之一，是明清兩代五百年成功教育的基礎，是思維訓練的良法，明清兩代的傑出人才都是八股文訓練出來的，等等。筆者在《金聖歎全集‧小題才子書》前言、導論等多篇文章引用了他們高度評價八股文的正確觀點，拙著《流民皇帝——從劉邦到朱元璋》第四章《朱元璋——漢族最後一個開國皇帝》（2004、2012）對朱元璋提倡科舉和八股文作了高度的評價。

八股文闡釋孔孟之道。孔孟的偉大經典，將政治思想、道德追求、文化知識、人生智慧、身心修養，正確的行為原則和思維方法，一起交付讀者。因此古代青年知識分子大多是懷著憂國愛民、欲有作為的目的參加科舉的。他們積極向上，心理陽光，非理性自殺幾近於零。知識分子中的憂鬱症和非理性自殺之類，是西方文化傳來後的產物。我在最近出版的《曹雪芹：從憶念到永恆》〔註3〕中專有一章《儒家的偉大思想、靈活原則和賈寶玉的叛逆》，分析和論證賈寶玉並不反對孔孟之道，相反是極其尊重孔孟和朱熹的，並介紹八股文的優點。

按，筆者後又有《傳統詩教的智慧教育及現代意義》，闡釋八股文的優點，文刊中國古代文學理論學會《古代文學理論研究》第45輯，華東師範大學出版社，2017年，並也已收入本書，可以參閱。

文刊《古代文學理論研究》第三十九輯

《中國文論的價值論和文體論》，華東師範大學出版社，2014年

〔註3〕 周錫山《曹雪芹：從憶念到永恆》，濟南出版社，2014年。

司馬遷「發憤著書」說的負面效應與「阿Q精神」說糾偏

袁勁《情感邏輯、經典序列與負面效應：
「發憤著書」命題研究拾遺》評議

　　此文寫得很好，題目好，論述完整，觀點鮮明，有所創新。所引的資料，相當詳盡，論證有力。

　　但是此文牽涉的有關問題，值得討論。

　　司馬遷提出「發憤著書說」，是一個重大的創新性的觀點，成為中國美學的一個獨創性的著名論說，具有很大的歷史意義和現實意義。

　　我認為其現實意義，例如，「發憤著書說」破除了魯迅關於阿Q精神是中國國民性弱點的錯誤觀點。國民性表現為積極與消極兩個方面，中華民族作為一個優秀民族，其積極的一面是主流。在整體上說，中國國民是有血性的。同時，國民性是有層次的。受過《孟子》「吾善養吾浩然之氣」（《孟子‧公孫丑上》）教育的中國優秀知識分子不會有阿Q精神，而中國國民性是由優秀分子建立的。具有阿Q精神的人，是中國國民中低層次的百姓，包括精神境界不高，熱衷於個人名利的或沒有進取心、得過且過的小知識分子。而且阿Q精神不能全部歸結為國民性的弱點，是有一定積極意義的。在許多惡劣環境下，處於弱勢的人，需要有適當的阿Q精神，許多人因此避免了抑鬱症和自殺。阿Q精神也是世界各民族共有的，並非是中國人「獨享」的。

　　此文有一些小的不足，都與論文的題目有關：

　　關於情感邏輯，司馬遷的發憤著書說，並沒有情感的必然邏輯指向。遇到災難、迫害，既可能發憤，也可能躺平、躺下，放棄抗爭。論文應該清醒認識到兩種可能性。司馬遷強調發憤，他不寫躺倒，是一個侷限。《史記》沒有注

意和不寫躺下，放棄抗爭的人既有消極、錯誤的，也有不得不如此，甚或是正確、英明的，不記載放棄抗爭的史事和人物，這就是一個失誤。當然，離開發憤這個論題，例如《史記》記敘呂后專權時期，不寫放棄抗爭者的種種表現，但記敘陳平憂心忡忡，自我麻醉，陸賈前去聯絡、游說，在陸賈的鼓動和建議下，兩人聯手，暗中發動對抗，記載了呂氏集團覆滅的全過程。

《史記》記載了沒有受到迫害、經受災害而躺平的人，如伯夷叔齊。這是另一類的人物，與發憤著書無關。

《史記》是一部偉大著作，但也難免會有一些問題，會有失誤、錯誤。筆者在新世紀以來，出版了 4 種歷史書，篇幅約達 90 萬字：「歷史新觀察書系」三種——《流民皇帝——從劉邦到朱元璋》《臨朝太后——從呂太后到慈禧》《漢匈四千年之戰》（即將出版升級版《漢匈戰爭全史》）和《〈史記〉縱覽新說》。前三書也與《史記》有關，頗涉及《史記》的各類失誤。最近我在浙江做講座《〈史記〉中的楚漢戰爭的真相和當代中西的奇葩反響》〔註1〕，是我多年前就思考、成文的論題，指出魯迅、郭沫若和季羨林等沒有讀懂原著和原注而做出了錯誤評論、范文瀾和白壽彝主編的《中國通史》奇葩式的錯誤、當代文史學者和文藝作品的集體犯錯，儘管都與其本人的侷限有關，《史記》在寫作上的失誤和作者的錯誤情緒傾向，也有很大作用。中國歷史上有兩場戰爭是關鍵：楚漢戰爭決定了中國的命運，漢匈戰爭決定了人類的命運。《史記》的記載都有失誤，是非常遺憾的。

《史記》提出發憤著書說，是首創性的，是很精彩的，對後世的影響極大。這要充分肯定。但發憤與躺下不能兼顧、不能兼察發憤著書的正面和負面效應，是《史記》與本文有關的一個失誤。論文提出負面效應的一面，非常好。

論文既然重視發憤著書既有正面效應，也有負面效應，說明「情感邏輯」與本文論題不符。情感邏輯沒有指向發憤著書和發憤著書具有正面效應的必然性。

經典序列，本文引證的有些例子，不是來於經典，而是來自名著。序列，也沒有意義。序列與正面和負面無關，和論題的推進無關。

本文的正標題毫無意義，而且有錯誤，更且埋沒了副標題。本文的正副標

〔註1〕 此文收入拙著《〈史記〉縱覽新說》，北京鳳凰壹力公司策劃項目，即將於上海三聯書店出版。

題倒置，副標題應該是正標題，並應該將「負面效應」改為副標題：《「發憤著書」命題研究拾遺──「發憤著書」的負面效應述論》。

　　本文的正文，在寫作上沒有什麼問題。本文是一篇相當精彩的文章。我的意見僅供參考。

袁勁《情感邏輯、經典序列與負面效應：

「發憤著書」命題研究拾遺》評議，

2021・上海・中國古代文學理論學會

第 22 屆年會（學會和華東師範大學聯合主辦）的發言

戲劇美學研究領域的拓新之作

鄒元江《中西戲劇審美陌生化思維研究》簡評

　　鄒元江教授的《中西戲劇審美陌生化思維研究》（人民出版社，2009 年），是一部讀後令人深思的深具學術價值的優秀著作。著者鄒元江長期以來從事中國美學、戲劇美學方向的研究，已出版相關著述多種，如《湯顯祖的情與夢》、《湯顯祖新論》、《戲劇「怎是」講演錄》、《行走在審美與藝術之途》等。他主持完成了《丑角意識與丑角美學研究》（「十五」國家社科基金項目）和《陌生化理論及中國藝術的陌生化傾向研究》（「十五」教育部社科規劃項目）兩個課題的研究工作，目前正在主持研究《梅蘭芳表演美學體系研究》（「十一五」國家社科基金項目）。本書是作者多年努力、刻苦研究後的一個重要理論成果的結晶。

　　本書最早是著者得到很高評價的具有自覺的體系建構意識的同題博士論文，接著作者又在精心加工、修訂之後，化身為多篇論文，先後發表於眾多學術刊物，以期聽取學者的反饋；後來作者已經是任職多年的博士生導師了，他再將這些論文匯集、梳理、增補和完善，並薈萃了以上多項研究成果，做了系統化的處理，完成了完整的思維架構，再不斷修改而成為這部四十餘萬字的專著。作者在後記中還自述：「我帶著武漢大學哲學學院和藝術學系的數十名研究生對本書中的一系列重要問題逐個展開了個案研究，已經凝結成了二十餘篇碩、博士學位論文」，可見本書還包含了作者長期教學相長的重要成果。於是，本書呈現了作者多年來精心建構的戲劇美學思想體系，向學術界鄭重提供這個重要理論成果。

　　在本書的「後記」中，作者追溯了他的思維進程，即由最初對布萊希特的注意引出對布萊希特「陌生化效果」理論產生的理論背景的關注，進而由此發掘出俄國形式主義；而對布萊希特確立陌生化理論的契機的關注，又引出對以

梅蘭芳為代表的中國戲曲藝術特徵的思考，由此又推動了他對中國藝術審美思維特性的重新思考。〔註1〕由於著者在本書中的思維具有內在的邏輯一致性和連貫性，故而論述透徹清晰，體例完整系統，論證深刻犀利，思想脈絡明晰，理論體系嚴整。這是該書在篇章結構方面的一個顯著特點。

本書題為《中西戲劇審美陌生化思維研究》，著者是在中西戲劇比較研究的大視野下對審美陌生化思維這一美學命題展開研究的。從比較戲劇研究的角度看來，以中西戲劇比較研究為題的論著比較常見。比較戲劇研究在我國已有近百年的歷史，早在二十世紀初，王國維首先運用比較文學的研究方法對中西悲劇進行過比較。此後，比較戲劇研究逐步推進成為學者們常用的視角和方法，學者們對中西戲劇從作家、作品到舞臺演出等方方面面進行過比較。但從比較戲劇美學研究的角度看，這類著作數量並不多。因為比較戲劇研究和美學、戲劇美學研究視角的多重疊加，就要求著者在對比之外注重揭示出戲劇的哲學、美學內涵。如果說比較戲劇要求研究者會通中西，那麼比較戲劇美學就要求研究者在戲劇研究的基礎上對美學和哲學鑽研精深。許多名為「戲劇美學研究」的著作缺乏精深的論述，即因其哲學、美學的含量不足。這確實已經成為比較戲劇美學研究領域的一個難題。而本書作者鄒元江則長期從事美學和戲劇美學的研究，中西哲學和美學理論功底深厚，所以他能兼具戲劇研究和哲學、美學研究之長。該書從引述、表述到論述均洋溢著濃厚的哲學、美學況味，與此前戲劇美學比較研究方面的著作相比，鄒著沒有厚此（戲劇研究）薄彼（哲學、美學研究），而是二者並重，並互相交融，是一部真正的戲劇美學著作。這是本書在研究方法方面的一個顯著特點。具體說來，在西學方面，本書以亞里士多德、康德、黑格爾、叔本華為代表的西方整個哲學史、美學史的經典論述為基礎，深入討論與比較俄蘇的別林斯基、斯坦尼斯拉夫斯基、梅耶荷德、愛森斯坦等大家的美學和戲劇理論，在這樣堅實的基礎上再介紹和評論俄蘇的陌生化理論的產生、發展，布萊希特陌生化理論的發生和發展；在中學方面，本書從儒道佛三家的原典出發，再旁徵博引列代重要的美學和曲學論述，並作具體分析和評論，同時將中西有關的論述不斷做比較和評論，最後才論述本書的主旨：中西戲劇審美陌生化思維研究。故能言之有據、成理，新見迭出，精彩紛呈。

本書第二個顯著特點是思考問題的起點高。審美陌生化思維問題，本是一

〔註1〕 鄒元江著《中西審美陌生化思維研究》，人民出版社，2009 年 2 月，第 431 頁。

個極具前沿性和挑戰性的研究課題。對戲劇思維的研究是戲劇美學研究進一步深入、創作實踐進一步發展的新的起點和突破口。雖然戲劇思維問題早就被提出來了，但真正對此進行深入研究並有所創獲者寥寥無幾，而研究中西戲劇審美陌生化思維並將其提升到戲劇藝術本體論的高度，這實在是鄒元江的創見。從這個意義上說，《中西戲劇審美陌生化思維研究》是真正推進了戲劇美學研究的拓新之作。國內學術界對陌生化問題缺少深入的研究，多數學者將視野侷限在「陌生化」作為一種手法或技巧在小說、戲劇、詩歌等創作實踐中的運用及其所達到的審美效果上。也就是說，他們只關注到了藝術創造中的陌生化現象，而對這一表象背後深層的哲學、美學意味不甚了了。著者在本書中對陌生化理論視野進行了全面的清理和闡釋，通過對俄國形式主義確立陌生化理論作為文學藝術的本體和布萊希特借用陌生化理論來論析中國戲曲藝術的深入解析，他挖掘出陌生化不僅僅是一種對中國戲曲藝術特徵解釋的一般「藝術概念」，而是一種具有揭示藝術「內在純正性」的「新審美觀」。至此，審美陌生化思維問題已遠遠超出了文學藝術領域，而越來越凸顯其深層的哲學意味。陌生化理論可以用來關照中國藝術特徵，尤其是中國戲曲藝術特徵；並能用來追問審美創造的真正起點，即藝術創造的「怎是」問題，因此，陌生化理論具有了作為藝術本體論建構的重大意義。

此外，本書的論述還有一些顯著的特點不容忽視。首先是問題意識強烈。通觀全書，這種問題意識確實是貫穿始終。何為審美創造起點的「怎是」？中國戲曲藝術的審美本質何在？圍繞著這兩個核心問題的思考相應地又引出了一系列其他問題。基本上，著者每使用一個概念都要對它做深入的辨析，給它打一個問號。他不僅提問的數量多，而且提問的質量高，很多問題，想前人所未想，發前人所未發。比如：什麼是京劇精神？以梅蘭芳為代表的京劇精神的內涵是什麼？梅蘭芳是不是京劇精神的最高體現者？梅蘭芳是不是中國古典戲曲審美形態的終結者？梅蘭芳的演劇觀能否構成中國戲曲藝術表演體系的核心？什麼是「梅蘭芳表演體系」？事實上存在「梅蘭芳表演體系」嗎？「梅蘭芳表演體系」是否就代表著中國戲曲藝術的審美精神？這一系列問題極少有人會深入思考和回答它們，因為對「以梅蘭芳為代表的京劇精神」或「以梅蘭芳為代表的中國戲曲藝術的審美精神」之類命題，研究者往往陳陳相因，不加推敲，彷彿它們都是不證自明的，從而理所當然地拿來就用。如果我們的學界只滿足於此，長此以往，學術視野僵化，學術研究必然止步不前。該書的著

者能避開這種不良學風,他抓住研究者不以為然或想當然之處緊緊不放,對這些問題作再思考、再檢討、再發現,這就打破了業已僵化的學術視野,使我們從「山窮水盡疑無路」的困境轉入了「柳暗花明又一村」的佳勝之地。

　　與強烈的問題意識相關,該書表現出強烈的批判意識。不過在著者這裡,批判並不意味著簡單的否定研究對象,準確地說,著者是在「揚棄」,毫無疑問,這是一種辯證的研究態度。如著者明確指出了布萊希特對中國戲曲的誤讀、梅蘭芳對京劇表演的誤釋、黃佐臨對三大體系的誤判、張庚對戲曲美學的誤思,和宗白華、徐復觀等對中國傳統文藝的錯一些誤論斷等等。布萊希特等人在戲劇領域的成就是有目共睹的,著者對他們並不是攻其一點、不計其餘,而是在肯定他們的貢獻的基礎上思考他們的不足。著者在研究他們時堅持發現問題、思考問題、解決問題,既不人云亦云,亦不為尊者諱。況且,著者對這些問題的闡發都經過了反覆論證、不斷辨析,從而能做到論從史出、言之有據、言之成理。

　　還應該特別指出的是,鄒元江一貫主張以舞臺表演藝術為本位研究戲劇、戲曲。他關注當前的戲劇創作並熟悉舞臺表演,對其中的利弊得失,都能從美學的高度予以剖析和總結,對於一些違背戲劇藝術特徵和規律的舞臺現象,尤其能提出獨到、犀利的批評意見。他在該書中援引了相當多的舞臺表演方面的史料、史論、劇論以及許多著名表演藝術家的表演經驗,引述精當。這些生動有趣的材料,與他的精闢論述結合,相得益彰,從而使這部戲曲美學著作更有可讀性和學術價值。所以,他的戲劇美學理論表現出密切聯繫舞臺實踐的特點。

　　綜上所述,《中西戲劇審美陌生化思維研究》一書,是一部立論新穎獨特、內容博大精深、學風整飭嚴謹的力作。這部專著的出版,為戲曲理論界和美學界都做出了重要的貢獻。著者提出了大量富有創見的觀點,如:作為深刻觸及了人的本質的「陌生化」是直接關涉文學藝術的「內部規律」,即文藝的本體論問題。藝術是以背離常規、偏離規範和突破範式為出發點和衡量尺度的。非亞里士多德戲劇是對以摹仿論、情感表現論為特徵的傳統亞里士多德「戲劇性」戲劇的模式加以限制而產生的現代戲劇樣式。藝術的本質的價值本體論的肯定是以非對象性的轉化方式實現的,藝術的審美感知是通過構成對象性世界的媒介物的逐步「消逝」、隱匿和虛化,才使林中的「空地」這個意象性的「世界」呈現出來。「空的空間」是中國藝術、尤其是戲曲藝術陌生化效果生

成的審美場域,「大方無隅」、「空納萬境」和「唯道集虛」構成戲曲藝術的空的空間的精神實質。「京劇精神」是一個有待建構的概念,梅蘭芳並不是「京劇精神」的最高體現者,也不是中國古典戲曲審美形態的終結者,「以梅蘭芳為代表的京劇精神」是一個特定歷史時代戲曲美學思想泛西方化、泛斯坦尼化的產物,「梅蘭芳表演體系」的預設是難以成立的。「摹仿」是西方戲劇藝術「扮演」的核心,中國戲曲藝術則是以「表現」作為「表演」的核心。西方戲劇藝術表演「角色」,而中國戲曲藝術表演「行當」。中國戲曲藝術和西方戲劇藝術的根本差異在於前者具有集「敘述者」、「表演者」和「評論者」於演員一身的三重表現性,而後者卻只存在演員化為、進入角色直抒胸臆、逼真摹仿的一重表現性。戲曲藝術的獨特性正是它充分完善化的形勢因的審美表現性。如何表現和表現得如何才是戲曲藝術最根本的問題。戲曲藝術是世界上發展得最完善、最完美的間斷、間離藝術。中國戲曲藝術的本質不鼓勵「導演制」。戲曲藝術不重情感體驗性而重形式表現性。「海派京劇」的本質在於重情節懸念、重人物性格刻畫、重逼真再現和重思想教化。這些論斷顛覆和解構了近百年來的中國主流戲曲理論,反駁和推翻了學界諸如「戲曲是一門綜合藝術」、「戲曲的主要特徵是綜合性、程序性、寫意性」、「『梅蘭芳表演體系』是世界三大戲劇體系之一」等許多提法。可以說,閱讀本書是一次中國戲曲審美本質的發現之旅,也是一次中國戲曲美學的重構之旅。無需諱言,著者的理論體系還在進一步建構中,還需要進一步的完善,我們期待著他在今後的研究中充實它。

最後,本書洋溢著新世紀學者具有的強烈的時代責任感和民族文化創新的使命感,因而讀完全書,在咀嚼本書提供的理論思維精彩成果之餘,我們強烈地感受到:當今時代已是全面清理和重新認識近百年中國戲劇史上的眾多重要問題和打破人們固有的、僵化的觀念,深入理清一些重要的具體觀點的重要而難得的時機,包括對某些人物、論著、概念、論爭進行再思考、再認識。此乃本書給學界非常重要的一點啟示。(賈戎、周錫山)

戲曲音樂伴奏中的
胡琴藝術美學價值簡論

上海戲劇學院葉長海教授指導的苗頎博士論文
《戲曲音樂伴奏中的胡琴研究》預答辯評審意見

胡琴是多種戲曲的主要伴奏樂器，本文的論題很有意義。

本文論述胡琴形制及演奏形式的發展（第一章）、胡琴在戲曲音樂伴奏中的興起（第二章）、盛行（第三章），地方戲中的胡琴（第四章）、京劇琴師對京劇聲腔的影響（第五章），脈絡清晰，論述全面，頗好。

第三章第三節《二胡在劇種中的使用》，內容為一、越劇，二、滬劇，舉這兩個劇種，也頗好。但江南地方戲中蘇劇的地位很重要，錫劇的成就也頗高，可以增加兩小節予以論說，就全面了。本文以第五章京劇為重點，建議第三章中的第一節《京胡在京劇中的使用》，合併到第五章，第二節《板胡在劇種在的使用》（一、豫劇，二、秦腔）合併到第四章《地方戲中的胡琴》。第三章改名為《胡琴在江南戲曲音樂伴奏中的盛行》，按產生的時間先後，列四個小節：蘇劇、滬劇、錫劇、越劇。

全書應該將江南和京劇並重。以上海為中心的江南，是中國的戲曲中心，這四種戲都在上海發展和繁榮，並進入藝術高峰。

越劇以《祥林嫂》的譜例作為重點，非常不妥。

《祥林嫂》名列越劇四大經典之一，處於政治因素。實際上這個戲越劇觀眾不喜歡，觀眾少。這個題材不適合越劇的演出。而且《祥林嫂》不是魯迅成功的作品。小說渲染寡婦再嫁有死後兩個丈夫爭奪的壓力等等，都是不符合真實的胡編亂造，民間傳說和文藝作品都沒有這樣的內容。古近代中國，寡婦再嫁是毛澤東多次引用的諺語「天要落雨娘要嫁」所說的，是天經地義的

事情。

越劇傳統戲音樂都很優美。如果只舉一例，應該舉《梁山伯與祝英臺》為例。越劇《梁山伯與祝英臺》主旋律的胡琴演奏，轉化為小提琴協奏曲《梁祝》，培育出西方音樂的經典。

二、滬劇，滬劇對上世紀70年代因受到京劇現代戲的影響，樂隊「大膽引進西洋弦樂樂族」的樂器做了詳細介紹，予以肯定，是錯誤的。有專段介紹：

> 上世紀 70 年代滬劇樂隊因受到移植京劇現代戲的影響開始變革，樂隊大膽引進了西洋樂弦樂族的大提琴、小提琴、中提琴和中提琴，木管組的單簧管、雙黃管和長笛，銅管組的小號、長號和圓號，到了 80 年代，西洋樂器的弦樂組和木管組逐漸成為樂隊中不可缺少的部分。現今滬劇樂隊的編制大體上可以分為四種情況：純民樂樂隊、樂器包括主胡、琵琶、揚琴這「三大件」，外加二胡、高胡、中胡、大提、低提、笛、簫、笙、排笙、鼓板，樂隊人員保持 12 人左右；中西混合樂隊：樂器有主胡、琵琶、揚琴加一組西洋弦樂、木管、銅管，或者加一組西洋的木管、銅管組和民樂的弦樂，樂隊人數在 14～16 人；民樂加電聲樂隊，樂隊包括「三大件」加弦樂和電貝斯、電吉他、電子琴，樂隊大約有 9 人，最後一種是民樂隊加電子琴。

這樣的伴奏配置，疊床架屋，繁瑣而雜亂，增加了演出的成本。

更嚴重的是，這樣的樂隊配備，弱化、衝擊了民族器樂的地位。中國戲曲以胡琴為主的民族樂器作為伴奏器具，取得很大的藝術成就。滬劇和京劇用交響樂，是缺乏民族自信的錯誤表現。我們應該具有民族自信，堅信民族樂器具有非常全面、豐富和優美的表現力，完全勝任戲曲的伴奏。西洋樂器不適合戲曲的伴奏，如與胡琴等合奏，其音量大，往往蓋過胡琴等的聲音，既不和諧，又喧賓奪主。因此，戲曲伴奏應該堅決摒棄西洋樂器。

第五章《京劇琴師對京劇聲腔的影響》應是本文重點之一。第一節《琴師的地位》，第二節《京胡琴師的功能》（一、拖腔保調，二、參與創作，三、教習演員），第三節《京胡琴師對流派的形成有推動作用》（一、琴師的主觀能動性對流派的影響，二、知音現象對創作的影響）：二級和三級標題及其所論述的內容，都很好。

但還有不足。

　　琴師地位或知音現象，可增補：以楊寶森和琴師楊寶忠、李世濟和琴師唐在炘為例，琴師對主角演唱的不可或缺的藝術功能。

　　知音現象以李世濟和琴師唐在炘為例，演員和琴師建立了知音互賞式的愛情和婚姻。

　　參與創作，應強調京胡前奏對戲的襯托、烘托，有時有很大的藝術效果。如李世濟演唱的程派京劇《梅妃》【二黃慢板】「別院中起笙歌因風送聽」的唐在炘的長段前奏，先聲奪人。觀眾的掌聲熱烈。

　　京劇伴奏的「花過門」，京劇伴奏過程中的一大特色，伴奏的曲調華麗多采。因為曲調華采，音域加大、胡琴伴奏常要倒把翻高。恰當地運用花過門，可以突出劇情，渲染現場氣氛，烘托演出效果。另外，楊派在京劇伴奏過程中始終以人物劇情為出發點，這樣也可以通過運用花過門來表現人物心境，增強劇場的氛圍。

　　在教學中做到楊派京胡伴奏中「花而不滑」很重要。

　　第三章《胡琴在戲曲音樂伴奏中盛行》第一節《京胡在京劇中的使用》全部論述京劇樣板戲，其開首即說：

> 　　京劇《沙家浜》《奇襲白虎團》和《智取威虎山》等有過嘗試在傳統京劇樂隊的基礎上加入西洋樂器，「文化革命」中，中央樂團根據京劇《沙家浜》音樂編寫，用大型管絃樂隊伴奏的聲樂套曲《沙家浜》被封為「樣板戲之後」，於會泳當時主管上海「樣板戲」創作也開始籌劃將西洋管絃樂隊編入京劇伴奏。1969 年，《智取威虎山》劇組在京劇樣板戲中率先在以京胡、京二胡、月琴為主的「三大件」京劇樂隊的基礎上加入了由木管、銅管、弦樂及打擊樂組成的西洋管絃樂隊，形成了專用於京劇「樣板戲」的大型中西混合樂隊，還設立了樂隊指揮，其中用到的西洋樂器有：七把小提琴，分第一聲部和第二聲部：二把中提琴：一把大提琴：一把低音提琴：二支長笛：一支雙簧管；一支單簧管；一支大管；兩支圓號：兩支小號：一支長號和兩架定音鼓等。這一混合是按照西洋管絃樂隊中管絃樂器各占一定比例編制的，特點是管樂器多絃樂器少，雖然樂隊還是以京胡等絃樂器為主。這種將傳統伴奏樂器和西洋管絃樂器組織在一起的做法很快被《紅燈記》劇組採用，後來這種「四三二一一」以管絃樂隊中絃樂器的件數為代號的中西合璧樂隊逐漸成為京劇

「樣板戲」樂隊的標準編制。

　　京劇有史以來一直使用京胡為主的小型伴奏樂隊，樣板戲中因二十餘人組成的西洋管絃樂隊的加入，改變了京劇樂隊的伴奏方式和構成。……

　　龐大的京劇樂隊更好的發揮作用，率先使用這種樂隊的《智取威虎山》劇組總結出幾點原則：其一，在所有的伴奏樂器中，仍要突出京胡、二胡、月琴這「三大件」的地位；在西洋樂器中，要以弦樂為基礎。其二，在所有樂器的寫法上，要切忌缺乏民族特色的「洋」，離奇古怪矯揉造作的「怪」，音響過強過厚的「重」，樂器配置上複雜繁瑣的「雜」，這些原則是相對合理的，其他樣板戲劇組也遵循此法則。

本節內容全部寫錯！傳統戲是正，樣板戲是變；京胡和民樂伴奏是正，西洋樂器參與是變。應該寫正為主，然後略寫變。而且用西洋樂器這個變，是錯誤的、失敗的改革。《沙家浜》和《智取威虎山》的交響樂不能流傳，觀眾不喜歡聽，而且的確不好聽。小提琴協奏曲《梁祝》是改編戲曲音樂而成為自己的音樂，她不是越劇《梁山伯與祝英臺》的交響樂或提琴曲，而是一部全新的作品。其關鍵是越劇《梁山伯與祝英臺》的音樂是優美的；《沙家浜》《智取威虎山》作為樣板戲，其音樂是有重大缺陷的。事實是京劇《沙家浜》和《智取威虎山》交響樂，不能持久演出。越劇《梁山伯與祝英臺》（胡琴為主的音樂）改編的小提琴協奏曲《梁祝》，成為經典。

　　於是，我們同時要對傳統戲和樣板戲樹立正確的認識。如何正確認識，必須結闔第五章第四節《對現代戲曲音樂創作的思考》來做論證。此節開首即說：

　　改革開放以後，現代戲創作水平整體不斷提高，但是音樂創作卻沒跟上現代戲的發展。當然，並不能否認少數劇種、少數作品、少數作曲家所獲得的顯著成果。對於現階段戲曲音樂落後的依據，汪人元先生談到主要是基於以下兩個顯著標準：「一是在總體上達不到「樣板戲」音樂作品的高度；二是總體上也達不到中國音樂一流水平的高度（「樣板戲」音樂是達到了同時期中國音樂一流水平的）。〔註1〕因此，對於現階段戲曲音樂無論在創作的技術方面，還

〔註 1〕汪人元《現代戲曲音樂的發展及其認知》，《中國戲劇》，2022 年第 6 期。

是觀念都沒有突破性進展的遺憾現象，應該引起我們的高度重視。

要尋找突破口提出解決辦法，那麼應該考慮兩個問題：

一、戲曲音樂發展相對落後的原因

對於現代戲曲音樂創作落後的原因，本文認為主要有兩個，一是戲曲音樂創作這一領域沒有得到應有的關注度和重視度。比如，沒有「樣板戲」時期那麼多高水平的人才投入，也沒有京劇形成初期琴師、演員共同創腔的家班環境，而是專業分工非常明確，作曲家往往一稿定終生。

這兩段論述，觀點錯誤。

此段引用汪人元談的兩個「顯著標準」：「一是在總體上達不到『樣板戲』音樂作品的高度；二是總體上也達不到中國音樂一流水平的高度（『樣板戲』音樂是達到了同時期中國音樂一流水平的）。」這是完全錯誤的觀點。

戲曲音樂的今後發展，不能以樣板戲的「高度」為標準。因為「樣板戲」不是中國音樂一流水平的高度的標誌。即使不說樣板戲是怪胎，也絕對不能說「樣板戲」音樂是達到了同時期中國音樂一流水平的。樣板戲產生和風行時期，全國只有樣板戲，沒有其他的中國音樂來做比較，怎麼能說「樣板戲」達到了同時期中國音樂一流水平？

戲曲史的史實說明樣板戲不是中國音樂的一流水平：

一、京劇樣板戲在曲調運用和演唱上為錯誤的「三突出」（在所有的人物裏突出正面人物，在正面人物中突出英雄人物，在英雄人物中突出主要英雄人物）美學原則所束縛，在音樂上遠不及達到中國音樂一流傳統戲經典劇目和名作的豐富、完整和優美。

二、演唱樣板戲的演員也不是當時一流水平的藝術家，當時藝術宗師如老生周信芳（1895～1975）、小生俞振飛（1902～1993）、四大名旦的荀慧生（1900～1968）、尚小雲（1900～1976），眾多藝術大師如文武老生李少春（1919～1975）、青衣張君秋（1920～1997）、童芷苓、李玉茹、武生高盛麟（1915～1989）、厲慧良（1923～1995）、武旦關肅霜、張美娟等等，大批都關在牛棚批鬥或在五七幹校勞動改造。當時的演唱者都遠遠不及他們，怎麼能說這些人的樣板戲演唱達到中國音樂一流水平？這好像圍棋比賽，把九段高手全部關起來批鬥，八段、七段也不准參賽，送到鄉下的五七幹校勞動改造，只讓三段、四段和少數五段、六段上場比賽，然後說他們達到了中國圍棋最高水平一樣可笑！

　　三、制定文藝為政治服務的革命領袖毛澤東主席，晚年不聽樣板戲，要求聽傳統戲。大概是 1975 年初，中央廣播事業局成立「送審錄音組」，工作就是翻錄傳統戲曲、曲藝錄音或者錄製傳統戲曲。當時，傳統戲曲早已作為「四舊」的典型代表被打倒，相當一批戲曲演員已經下放農村勞動，誰也不敢再演傳統戲。所以翻錄、轉錄傳統戲曲是保密的。北京錄製的京劇有李宗義《斬黃袍》、楊春霞《鳳還巢》；京劇《梅龍鎮》描寫皇帝微服出遊，跟一個開酒館的女子調情，後來把這個女子封為妃子。文革前此戲已不讓演出，但上面要錄這個戲，並且明確指定李鳳姐由李世濟扮演，正德皇帝則讓張學津扮演。〔註2〕

　　上海是向參與錄製的演員講清楚因毛澤東主席在病中想觀賞京昆傳統折子戲，由上海錄製一批送京。1975 年 4 月 8 日，俞振飛在「接受審查」期間被調至北京，參加傳統劇目錄音錄像，擔任崑曲顧問。岳美緹演唱《三醉》，由俞振飛授曲、吹笛。

　　1976 年 2～10 月，文化部長於會泳布置上海電影製片廠、工農兵電影製片廠錄製京昆傳統劇目。上海市文化局在泰興路文藝俱樂部（原麗都花園，今上海市政協）籌建集訓隊，陸續拍攝傳統京昆電影。4 月 23 日起，俞振飛為岳美緹、蔡瑤銑等說排崑劇《琴挑》《拾畫叫畫》。俞振飛錄崑劇《太白醉寫》等。拍攝工作至「四人幫」垮臺終止。

　　1975、1976 這兩年，還錄製了一批詞曲音樂和京劇唱腔音樂。「詞曲音樂」指的是戲曲演員，主要是崑曲演員演唱的古詩詞。主要是唐宋詞，用南曲或北曲演唱。前後錄了 140 段，包括李白、白居易、李煜等大批名家名作；演員有計鎮華、蔡瑤銑、岳美緹、李炳淑、楊春霞、李元華、方洋等。因為毛主席眼睛不好，閱讀困難，採用這種形式供他欣賞。

　　毛澤東晚年的京昆欣賞追求糾正了反傳統思潮否定京昆傳統戲的錯誤態度和實踐。

〔註 2〕 《文革最後幾年的「秘密任務」：為毛澤東錄傳統戲》，《中國新聞週刊》，中國新聞網 2010 年 08 月 06 日。

莎士比亞戲劇高度藝術成就的
新探索和作者深意探討

上海戲劇學院王雲指導的高尚陽博士論文
《莎士比亞戲劇中的藝術正義現象研究》評議

　　「藝術正義」這一概念是王雲教授在其專著《西方前現代泛詩傳統——以中國古代詩歌相關傳統為參照系的比較研究》[註1]中首先提出的，他在本書中列以大量事實，對西方前現代泛詩傳統進行了表述、論證，並總結性地指出「其實，說到底詩歌正義也就是相對於社會正義和宗教正義的藝術正義」。本文依據王雲教授創立的藝術正義論，分析和評論莎士比亞戲劇的偉大藝術成就，具有一定的創新性。

　　本文用中國學者首創的美學理論，也即用中國的美學理論評論莎士比亞戲劇，值得高度肯定。

　　全文觀點鮮明，結構嚴謹，論述全面，並頗有深度。目錄清晰顯示全文的論述內容：

〔註 1〕　王雲《西方前現代泛詩傳統——以中國古代詩歌相關傳統為參照系的比較研究》，復旦大學出版社，2005 年，第 158 頁。

本文在分析《哈姆萊特》時，指出：

　　許多學者和讀者都會因為第三幕第三場中的情節而認為哈姆萊特是一個猶豫懦弱的角色並為他錯失良機而抱憾不已。這一場戲恰是解讀這部作品的關鍵所在，如果作者安排哈姆萊特在克勞狄斯祈禱的時候動手，或許哈姆萊特確實能避免自己死於復仇的悲劇，但這部作品的美學價值和正義內涵將大打折扣。與泰特斯不同，哈姆萊特復仇的對象雖然只有克勞狄斯一人，然而他卻不是僅靠殺死對方就能達成復仇目的。此時的克勞狄斯正在祈禱，如果哈姆萊特在這時動手的話，會「把這個惡人送上天堂」，可能正好幫助克勞狄斯洗脫了生前的罪愆；而老王卻是在「滿心俗念、罪孽正重的時候」被殺害的，老王的鬼魂說自己「被判在晚間遊行地上，白晝忍受火焰的燒灼，必須經過相當的時期，等生前的過失被火焰淨化以後，

方才可以脫罪。」〔註2〕哈姆萊特意識到在這個時候殺死克勞狄斯
意味著「以德報怨」。於是哈姆萊特決意這樣行動，「等待一個更殘
酷的機會吧；當他（克勞狄斯）在醉酒以後，在憤怒之中，或是在
亂倫縱慾的時候，有賭博、咒罵或是其他邪惡的行為的中間，我就
要叫他顛躓在我的腳下，讓他幽深黑暗不見天日的靈魂永墮地獄。」
〔註3〕這時的哈姆萊特哪有半分猶豫？我們看到的是哈姆萊特篤定
的復仇決心。其惟如此，我們才能體會第五幕第二場中情節設計的
深意，當時的克勞狄斯在「賭博」——令哈姆萊特和雷歐提斯比劍
輸贏、在喝酒——「慶祝」哈姆萊特比劍第一回合的勝利、在憤怒
——喬特魯德誤飲毒酒而亡、在咒罵——雷歐提斯揭穿了他的罪惡
且自己被哈姆萊特刺死；諸多的罪惡疊加在克勞狄斯身上，哈姆萊
特終於實現了將克勞狄斯推入「幽深黑暗不見天日的靈魂永墮地
獄」的完滿復仇計劃。

這是一個難得的創新性觀點。

本文不迴避莎士比亞戲劇的侷限。

（《亨利八世》）這部作品的創作目的更多體現在對伊麗莎白一
世的歌頌和美好追憶，那麼莎士比亞沒有理由過多展現作為伊麗莎
白一世父親的亨利八世的道德污點；再次，包括君王在內的皇室成
員是莎士比亞歷史劇作品的重要觀眾，莎士比亞在創作時需要充分
考慮他們的觀劇感受，《理查二世》就因表現了逼宮退位的情節遭到
禁演，〔註4〕伊麗莎白一世曾怒斥劇團，「我就是理查二世，難道你
們不知道嗎？！」這使得伊麗莎白一世時代出版的三個版本的《理
查二世》中都刪除了國王被廢黜的場面，同時莎士比亞在其後的創
作中將約翰王、亨利四世、亨利五世等幾位君王的形象迥異於其早
期作品中的亨利六世和理查三世，得到了大大美化。莎士比亞對於

〔註2〕 莎士比亞《哈姆萊特》，《莎士比亞全集》（朱生豪譯）第九卷，人民文學出版
　　　社，2014 年，第 116 頁。
〔註3〕 莎士比亞《哈姆萊特》，《莎士比亞全集》（朱生豪譯）第九卷，第 170 頁。
〔註4〕 《理查二世》上演期間，正值深受伊麗莎白一世寵愛的埃塞克斯伯爵密謀殺
　　　害女王，甚至不少研究者認為《理查二世》的上演配合了埃塞克斯伯爵的謀殺
　　　行動，見《劍橋插圖英國戲劇史》，第 54 頁、《牛津簡明英國文學史（上冊）》，
　　　第 235 頁、國內論文《莎士比亞的〈凱撒〉與共和主義》等處。

　　　　亨利八世的美化程度更超以往，像是歷史學家們強調的亨利八世的

　　　　某些負面性格都沒有在劇中被呈現出來。

　　莎士比亞屈服於伊麗莎白女王的淫威，美化伊麗莎白女王的父親亨利八
世。文中也提到沙士比亞為不得罪觀眾而作劇情的不當處埋。

　　本文的缺陷是全文的論述就事論事，沒有掌握英國歷史的宏大背景，從
而未能從更高層次上，論述莎士比亞戲劇的藝術正義。

　　主要有以下四個缺陷：

　　一、我們閱讀《莎士比亞戲劇全集》的歷史劇可知，莎士比亞有一個宏願
是繼《荷馬史詩》和古希臘悲喜劇以藝術形式記載古希臘歷史之後，撰寫羅馬
歷史和英國歷史的歷史劇。西方的歷史，古希臘之後是羅馬帝國，羅馬帝國
之後是英國和法國、西班牙等西歐歷史。莎士比亞歷史劇有意媲美古希臘不
可逾越的藝術經典《荷馬史詩》和古希臘戲劇，寫出羅馬史和英國史。本文只
論述英國歷史劇，第四章第二節僅論兩類英國歷史劇，沒有提及和評論羅馬
歷史劇（將《裘力斯·凱撒》歸入悲劇，未提及另外三個羅馬歷史劇），是一
個缺陷。

　　二、莎士比亞戲劇所表現的社會正義和藝術正義，還反映在莎士比亞戲
劇的愛國主義主題和英格蘭情結。

　　莎士比亞的愛國主義和英格蘭情結，反映在三個方面：

　　1. 歷史劇從約翰王寫起，不寫之前英國受外國侵略、法國人當國王的英
國歷史。

　　英國最早的韋塞克斯王朝（立國時間是 519 年左右，開國者是率族人登陸英格蘭漢
普郡沿海地帶的徹迪克）有 15 個君主，丹麥王朝有 3 個君主，威塞克斯王朝有 2
個君主，諾曼王朝有 4 個君主，安茹王朝（金雀花王朝）有 8 個君主。

　　莎士比亞的歷史劇，從公元 519 年左右立國的韋塞克斯王朝，到安茹王朝
（金雀花王朝）第二個君主理查一世 1199 年去世，都不寫；從金雀花王朝第三
任國王約翰一世（英文名 John，1166 年或 1167 年 12 月 24 日～1216 年 10 月 18 日或 19
日，英格蘭國王，由 1199 年到 1216 年在位），才開始寫。

　　這是因為此前是法國人統治英國，法國人長期當英國國王，統治英格蘭
的情況直到金雀花王朝第三代國王約翰時期才有所轉變。

　　英國初期有漫長的受到羅馬、日耳曼、丹麥、法國等入侵的歷史，侵略是
非正義的政治和軍事行為，英國受侵是一段漫長的屈辱的歷史，莎士比亞不

願意書寫這段歷史。

約翰雖然是英國歷史上最無能的國王，但英王也從這時起才算是真正意義上的英王。英國貴族由於英法之間綿延不斷的戰爭，也逐漸與法國拉開了關係，英格蘭民族意識也在底層民眾心中萌芽。

約翰在位期間法王正值歷史上號稱「奧古斯都」「小狐狸」的腓力二世，在腓力二世的連番操縱之下，約翰王接連失去金雀花王朝在法國的大片領地，包括諾曼底和安茹等龍興之地，所以此時金雀花王朝的基本盤就轉移到了英格蘭島上。

總之，從約翰王開始，英國國王都是英國人擔任，其統治的屬地在英格蘭島，是真正的英國。

2. 不反映英國國王、大臣、貴族講法語而不講英語的史實。

公元 1066 年，法國諾曼底公爵「征服者」威廉一世，渡海入侵英格蘭，征服不列顛，做了英國國王，建立英格蘭歷史上第一個王朝諾曼王朝（1066～1154 年）從此英格蘭長期統一了，共經歷了 4 個國王，此後所有的英國國王都有血緣關係。

當時的法國文明程度要高於英國，從英格蘭歷史上第一個王朝開始，英國王朝和上層就說法語。諾曼王朝從 1066 到 1154，在這長達近百年的法國人統治期間，法語已經滲入到了英國政治、文化、生活各個角落，成為統治階層的語言。諾曼騎士和法國神職人員為古英語帶來了 10000 多個詞彙，其中的四分之三一直沿用至今。其中上層用語中，和行政、軍事、法律相關的英語詞彙都是當時諾曼征服所帶來的。在諾曼王朝時期，王室、法庭和外交基本都使用法語，而宗教和學術領域仍使用拉丁語，至於本土的古英語則被邊緣化，淪為底層百姓使用的口頭用語、通俗語言。

從諾曼征服後的三個多世紀裏，幾乎所有的英王都說法語，大部分英王都只會一點甚至完全不懂英語，這種情形直到 1399 年亨利四世繼位後才徹底扭轉，他是繼哈羅德後第一個以英語為第一語言的英王。

因此《約翰王》《理查二世》中的國王和大臣、貴族都講法語。

莎士比亞戲劇則杜絕法語。可以推斷，莎士比亞認為法語入侵英國是侵略者的行為，違背社會正義，故而他用藝術正義伸張社會正義和歷史正義，在戲劇中杜絕法語。

與之相對照，19 世紀俄國上流社會以講法語為榮，所以托爾斯泰《安娜

卡列尼娜》《戰爭與和平》中的貴族都講法語，以講法語為榮。托爾斯泰沒有狹隘的民族主義，在小說中寫出這個真相。

3. 在英法戰爭中，法國的聖女貞德戰勝英國。在英國，貞德被認為是「魔女」。莎士比亞未能免俗，他在描述王室腐敗的歷史劇《亨利六世》上篇（Henry VI，Part1，1592 年）中，將貞德描繪為妖女，污蔑她全靠鬼兵獲勝；鬼兵不肯出力了，貞德就失敗了。莎士比亞貶低和醜化貞德，是他的狹隘民族主義的表現。本文未能指出並給以必要的批評，是一個缺陷。

三、本書引用的是朱生豪的譯本，非常好。但是作者應該中英文對照閱讀和引用莎士比亞戲劇。如果這樣做，就會發現人民文學出版社版《奧瑟羅》的朱譯本漏譯了一句，而這一段的情節和對話有很大疏漏，朱生豪譯本漏譯的是非常重要的一句。這段情節和對話的疏漏，造成奧瑟羅悲劇的依據的不可靠，是莎士比亞一個重大的失誤。筆者已有論文《西方名著中的失誤及其接受效應——從莎士比亞的重大失誤談起》詳論，並在關鍵段落將英文原文與朱生豪譯本對照，可以參見。〔註5〕

四、本文未能例舉莎劇的著名臺詞，來說明其藝術正義觀。例如——

《裘力斯‧凱撒》中勃魯托斯演說自己殺死凱撒的理由：並不是我不愛凱撒，可是我更愛羅馬！Not that I loved Caesar less, but that I loved Rome more.（3.2.22）

《哈姆萊特》中哈姆萊特的經典臺詞：生存還是毀滅，這是個問題（朱生豪譯本此句譯為「這是一個值得考慮的問題」）To be, or not to be: that is the question.

顯而易見，以上的著名臺詞，都表現了角色的正義感。有的臺詞，如《羅密歐與朱麗葉》第一幕第三場，乳媼對朱麗葉的母親凱普萊特夫人說：「憑著我十二歲時候的童真發誓」。可見這位奶媽是十三歲嫁人的。凱普萊特夫人對她說：「你知道我的女兒年紀也不算小啦。」但「她（朱麗葉）現在還不滿十四歲」。還要過兩個星期多一點的收穫節晚上，她才滿十四歲。結果朱麗葉死時，還未到十四歲。凱普萊特夫人的臺詞說明了朱麗葉戀愛和死亡時的年齡，那時她才十三歲，年齡已經不算小，即已可婚嫁。而奶媽的話，說明當時的英

〔註5〕 拙文《西方名著中的失誤及其接受效應——從莎士比亞的重大失誤談起》，《外國文學研 1992 年第 2 期，中國人民大學資料研究中心《外國文學研究》，1992 年第 7 期。按此文已收入拙著《中國文學與世界論集》，花木蘭文化事業有限公司，2023 年。

國也盛行早婚，西方古代也盛行早婚；說明朱麗葉十三歲戀愛是符合社會習俗的，不是過早的戀愛，這是從年齡的角度說明朱麗葉的十三歲之戀愛並非摧殘幼女，是符合正義的。

　　總之，對話和臺詞是劇本最重要的內容，本文應該以大量的臺詞為例，具體而細膩地申述莎士比亞戲劇的藝術正義觀。

拾壹、短評

目前的中國亟需莊子精神

　　看了《中華讀書報》2007 年 4 月 4 日頭版陶東風先生的文章《目前的中國不需要莊子精神》一文，覺得非常驚訝。陶東風先生既然來說這個大題目，那麼對「目前的中國」和「莊子的精神」應該是很下了一番研究工夫的。「目前的中國」且不論，因為他的文章裏其實也沒有提到。他沒有說中國要到什麼時候，不是「目前」這種狀態了，才會或才可以「需要莊子精神」。從他把莊子精神定義為「犬儒主義」來看，恐怕不是「在今天的中國倡導莊子精神實在不是時候」，而是在今後的中國永遠沒有倡導莊子精神的時候了。陶先生是看在喜歡莊子的讀者的面上，把話婉委的說了。

　　但如果莊子真是中國犬儒主義的創始人，「莊子的『自由精神』混合了犬儒精神而顯得俗不可耐」真是事實，在中國永遠滅了莊子精神也沒有什麼。但陶先生既然在「今天的中國」來說這話，怎麼不知道在「今天的中國」對「莊子精神」已經有了全新的認識。2001 年上海學林出版社推出了沈善增先生的《還吾莊子》，就明確提出，「一千七百多年，我們接受的是一個注出來的偽《莊子》」，所謂消極避世、詭辯哲學、相對主義、犬儒精神，都是後人有意無意的曲解誤讀造成的。《還吾莊子》得出這些結論，是以詳盡嚴謹的考據、論證為基礎的，是重大的學術成果，而不是一己的「心得」、「讀後感」。我當時看到《還吾莊子》，極感振奮，撰長文《新道家的奠基之作》予以推解，陶先生如果是以做學問的態度來論述這個重大的題目，在網上搜索一下是很容易找到的。陶先生可以完全不同意沈先生的觀點，但應該不是視若罔聞，繼續將誣陷不實之詞強加到莊子頭上。莊子被人歪曲了兩千多年，再抹點灰塵上去，本無所謂，但今天的中國人則可能要遭受損失了。陶文最後說：「在目前

中國的情況下，莊子人生哲學的流行所導致的只能是全社會的犬儒主義，它或許能夠培育出一批不問世事的逍遙派，卻永遠不可能培養出積極參與的現代公民。這難道是我們需要的嗎？」我注意到了「逍遙派」這個詞，這是文革中加給不「積極」參加運動的人的一頂帽子，指你「逍遙派」，就可以對你進行「革命大批判」。這種對「逍遙派」大加鞭撻的批判精神，從《韓非子》開始算，到今天有兩千多年，是很有傳統的。韓非子是主張對不肯出來給王家幹事的儒生、隱士繩之以法的。而《莊子》提出「彼亦一是非，此亦一是非」，提出「不譴是非以與世俗處」，在當時一個很重要的「現實」作用，就是在王權專制日益嚴重的情況下，為個人爭取思想與生活的自由空間提供哲學理論。只要去看一看《還吾莊子》《還吾老子》，就可以知道「無為」、「逍遙」到底是什麼意思。在構建和諧社會的「目前的中國」，不是「不需要莊子精神」，而是亟需要老莊精神，也需要孔子的精神。夫子之道，一以貫之，忠恕而已。忠就是負責，恕就是寬容，缺乏對己的責任要求，對人的寬容精神，哪來的和諧社會？容不得別人「逍遙」，怎麼是和諧社會？

　　再重申一遍，目前的中國亟需莊子精神。

原刊《中華讀書報》，2007 年 5 月 16 日

治本良方——談強化文藝理論素養

　　中國古代名家，包括作家詩人，藝術家都對儒家經典及其所包含的藝術理論相當熟悉，有的兼通道、佛兩家理論，所以蘇東坡、湯顯祖，曹雪芹都能取得領先於當時世界的藝術成就，文學或藝術名家燦若繁星。20 世紀前期的文學大師如魯迅、茅盾，藝術大師如梅蘭芳、齊白石，都有精深的傳統文化和文藝理論修養，前者還兼具西方文藝理論的深厚學養。像梅蘭芳、齊白石少年時代缺乏學習文化和理論的相應條件，成名之後不忘努力補課，梅蘭芳曾恭請像齊如山這樣的名師指點，齊白石也得到過家鄉碩儒的教誨和京華名家陳衡恪等人的指點，感性、悟性加上理性，使他們的藝術創作得以更上層樓，再上層樓。

　　建國以後，由於片面強調「理論是灰色的，實踐之樹常青」說，又因極左思潮影響，忽視或抹煞了文藝理論的規律，以致中西名家的理論很多都作為封資修貨色而被拋棄。故而現今不少作家、藝術家缺乏理論修養，缺乏中西文化的根基，創作水平難以進一步提高，不僅詩歌、小說、話劇、影視作品等與世界一流水平有頗大差距，即使傳統藝術的強項，如戲曲（包括評彈）表演、書畫篆刻，藝術水準也遠不及逝去的大師和老邁的名家。王蒙在十餘年前提出「作家學者化」的建議，即因目睹當代作家文化水平不高，缺乏理論根基，而出示的治本良方，惜應者寥寥。目前的文藝界缺乏讀書氛圍，許多人長年不讀書。不少中青年演員僅能看看流行小說，文學名著看不了也看不懂，理論名著一無所知，頭重腳輕，腹中空空，長此以往，如何能演好戲，又如何能演好名劇。

　　當今西方諸國，戲劇、舞蹈、影視諸專業在大學本科以上都設立研究生的

學位，連木偶劇也有博士學位，而我國話劇、電影專業一般僅有本科，戲曲、舞蹈的表演專業一般僅只有中專學歷，近年才設立大專學制，非常不適應現代社會的發展，而演藝人員又無終身教育機制督促其學習、進修，因此很難產生有世界影響或與前輩比肩的名家，遑論大師。在目前這種狀況下，是很難產生不朽的傳世之作的。

面對如此狀況，我們以為治標還須治本，治本的一大措施，乃是要強化編導演和各類創作人員的理論水平，要形成以文藝理論指導自己創作實踐的良好風氣。他們必須懂得有了紮實的文藝理論，藝術人才方可能脫穎而出，成長為名家，名家才能上升到藝術大師的水平。作為演員也只有具備紮實的文藝理論功底，有表演天份者才可發揮自己的特長，逐漸產生或增強悟性，不斷爆發藝術靈感，如此則不僅能學懂、領會前人傳下的演技，再現已經失傳的前人的高明演技，還能作出自己新的創造。如果滿足迷戀於某些傳媒、記者贈送的廉價免費的幾頂「星級大師」桂冠，而飄飄然起來，以為真是那麼一回事，那非倒楣不可。

我以為，學習文藝理論，須要學習原典即經典著作，研讀歷代文論名著；不限於自己從事的專業，要學習詩文、戲曲、小說、書畫和音樂諸領域的理論名著。「五四」以來，新文化新思想廣為傳播，但也出現了一種錯覺，即認為一切國學都在打倒之列，由是否定傳統文化的風氣彌漫，在不少人心理產生了負面影響，以致中國古代文藝理論的偉大成果未能得到很好的揚棄，這是二十世紀中國文藝創作水平落後於世界水平的主要原因之一。當今，只有中國書畫領域和京昆表演領域尚處於世界領先水平，但近三、四十年以來也逐漸衰微。缺乏文藝理論的文藝工作者，是很難真正成為「名家」乃至「大師」的。

今古皆是，我也作如是觀。

原刊上海《社會科學報》，1999 年 6 月 10 日

試論當代藝術批評的一個誤區及產生之原因

　　當代藝術批評缺乏力作，批評文章缺乏權威性甚至指導性，因此藝術批評文章看的人少，而非議者多。當代藝術批評無疑走入了誤區。筆者不揣淺陋，將當代藝術批評的誤區略作概括和闡發，以求教於同行和方家。

　　藝術批評，按學術界公認，文學屬於藝術範疇為其中之一部分，故而也包括文學批評，這是一個範圍非常寬廣的學科。在當代社會的人們生活之中，科學和藝術，佔據了人生中很大一部分的重要地位。生活離不開科學，也離不開藝術。藝術離不開批評，而批評則離不開科學。而當前藝術批評的一大誤區便是缺乏科學性。大而言之，自中央有關決策機構至各地有關領導部門，對「藝術科學」這一學科的建立尚未引起應有的重視，故而在我國，有「（自然）科學」及（自然）科學院和「社會科學」及社會科學院，卻沒有「藝術科學」和藝術科學院，故而在藝術研究方面，缺乏規範，缺乏規模，缺乏經費，研究成果未受到應有的重視。實際上，無論對國家、社會還是對家庭、個人，藝術欣賞、享受和批評，是精神文明建設

　　和家庭、個人的精神素質中極為重要的一部分。此理似乎人人已明，而在實踐中卻並未重視。尤其是，比較起來，往往對藝術相對來說尚算重視，而對藝術科學包括藝術理論和批評很不重視。以機構來說，中國（自然）科學院、中國社會科學院皆為部級，中國藝術研究院稱呼已降級，屬文化部管，級別已降低，而各省市並未相應的院級機構，規模都是研究所一級，有些研究所且已前途可危。各所權益很小，評識稱、評作品成果獎和申請科研經費，都只能歸

附於社會科學，受的限制很大。

這也直接間接影響到藝術批評的科學性，於是藝術批評文章往往缺乏規範性和應有的規模。譬如在本地圍繞一個重要的藝術品種、藝術現象或藝術作品，除個別例外，一般都缺乏科學的有一定規模的有組織有深度的批評文章和研究課題，呈自由、散漫的無組織狀態。有時也開一些研討、座談會，但除《上海藝術家》外，會後很少有整體性的整理性成果發表。圍繞某一專趨或作品的論文集更少見。十幾年來，有些研究部門或出版社作了相當的努力，彙編和出版了諸如《周信芳研究論文集》（上海藝術研究所編、華東師大版）等一批藝術家或藝術專題的研究論集，但無論從數量和規模上，與藝術成果應得到的研究和總結相比，遠遠不夠。此皆因缺乏組織和經費，尤其是經費之故。

當代藝術批評在當代藝術的批評方面，陷入缺乏科學性、規範性而跌入隨意性、不公正的誤區，問題更多更大。王元化先生最近在有關文章中感慨，當代不少優秀學術著作默默無聞，而一些蹩腳著作則走紅暢行。藝術界也有此類情況。如隨意提高某個藝術作品的等級，亂封「劃時代的」、「大作」、「巨作」等桂冠；甚至隨意將平庸、拙劣之作也大吹特捧，抬高到「劃時代的」大作」巨作」之列；並「隨意貶低先前已有定評的名著和優秀之作，以抬高、突出自己所要吹捧的作品甚或批評家自己。近幾年中如研究《金瓶梅》的有些人認為《金瓶梅》可與《紅樓夢》比美甚至超過《紅樓夢；又有人在報上大炒《廢都》，甚至捧之為當代之《金瓶梅》。另有不少人在報刊或會議上抬舉黃梅戲《紅樓夢》是超過前人、用現代意識闡釋古典名著的「劃時代」的「大著」，並要拍成電影推向世界。實際上此戲在思想、藝術上都是平庸之作，不少地方還相當拙劣。其文學本根本無法與越劇《紅樓夢》與京劇《紅樓二尤》等名著或佳作相比，主角的表演水平也遠不能與以上二劇之徐、王、童芷玲等相比美。即使是優秀之作，評價也應適度，不能無限拔高。如京劇《曹操與楊脩）是近年中出現的戲劇傑作之一，此戲在編導演和舞美方面都有出色的創造，值得充分肯定。但有的評論者竟說此戲為近年最優秀之作，甚至超過《紅燈記》《智取威虎山》諸作，更有個別論者在會議上抬舉此戲為「劃時代」、「大作」、「巨作」，分析此戲有三個層次，最後抬到「哲理層次」等等，奇怪的是某大報在報導時隻字不提會議上一些權威和前輩諸如阿甲、黃佐臨、劉厚生、俞琳、袁雪芬等恰如其分、科學性強的評論，卻獨獨突出宣傳某學者胡吹亂捧的觀點。反過來，有的藝術作品，如蘇州評彈團來滬演出的評彈《三槍

戀》，歌頌改革開放中作出突出貢獻的上海三槍集團及其領導在經濟建設中的動人業績，創、演者顯現了很大的創作熱情，在藝術表現上也達到相當的水準，並作了不少創新的嘗試。但是上海評論家對此作成功處肯定和鼓勵不夠，而作了不少脫離實際的批評。未免失之於苛。

探討當代藝術批評之所以跌入以上誤區，筆者以為主要是出於以下原因。

首先是有些藝術評論家的學識不夠，學術準備不足。作為評論家應該有中西文藝理論的深厚基礎，包括研讀過中外文論史和美學史及重要的理論著作。研讀過中外文學史和藝術史上重要的代表作品，因此對自己過目的當代作品之藝術等級及其得失和特色能作出準確、精細的把握，於是寫出的藝術評論文章言之有物，分寸準確，而不會亂封「劃時代」、「大著」、「巨作」之類的桂冠了。不僅是評論家，掌握寫稿和發稿權的記者編輯也應有此學識準備——或者多向內行請教，勿登不夠水準的文章，以維護自己報刊的聲譽。

其次是有些藝術評論家不安心於自己的園地，喜歡跨入別人的專業範圍大發議論。這些評率家往往在自己領域頗有成績，結果便以為自己已無所不能，擴大評論範圍。尤其是一些新潮評論家，本研究現當代作品或一般的文藝理論，並已作出一定成績，他們感到不過癮，就跨入別的專業，譬如中國古代文藝理論、中國古代作品研究專業或歷史劇、新編傳統戲的評論專業，但在進入之前又未作紮實的學識準備，有的還喜歡用現代西洋理論來硬套中國作品以見其新潮，而不少人往往並未真正弄懂弄通西洋理論，僅僅是借用點食洋未化新名詞而已。這些人的此類藝術評論文章便不免指黑為白，說低為高或用故作高深的文句發點讀者不知所云的議論。有些用食洋不化的筆調所寫的近現當代藝術作品和理論著作的評論文章，也有此弊。此類文章有時還要犯最基本的錯誤．譬如夏中義《價值位移：王國維從青年到晚年》(《上海文化》，1994 年第三期) 開首即說：「大陸學界素有『文如其人』一說。」實際上「文如其人」是中國美學自古即有的著名傳統理論觀點，因此不僅「大陸」和海外華裔學者多持此觀點，中國古代學界亦素有此說。而夏文順此第一句發了一大通無的放矢的議論之後又於第二段開首又說：「這便給了學界一個啟發，既然析其學，必先析人，那麼，……」此言大膽地妄言「學界」都不知中國古代美學即有這個著名觀點，而夏氏自詡先已自覺地受此啟發，特撰此文。實際上，此文的主要論點不僅不符王國維的事實，而且完全否定中國傳統文化，對王國維這樣的大師作淺薄的批評，未免以小人之心度君子之腹。讀著這樣的藝術評論論

文，真令學界人士哭笑不得。

第三是有些評論作者功利色彩太強。有的藝術作品雖然平庸，但評論者為了宣傳和吹捧這個作品，故意拔高調子。有時是某領導出於對文藝事業的關心和對創作者的鼓勵，對某作品作了過高的評價，這本是正常的現象，因為領導並不一定是與這個作品有關的專業的內行，即使有的領導本人是藝術家。但藝術門類眾多，各鄰近專業之間往往亦隔行如隔山。可是本應懂行的某些評論家卻對領導某些不恰切的評價大作突出的肯定甚至發揮或「論證」。

當然，當代藝術批評缺乏力作，並不是說沒有好的作品；也不是說絕對沒有力作，我們也時而讀到一些有權威性、指導性的藝術批評力作。譬如熊玉鵬《且慢祭奠》(刊《書法研究》，1994 年第一期) 即以廣證博引的中西美學理論及藝術史實和作者本人深思熟慮的理論思考為基礎，用優美暢達的語言全面深入地指出並分析了《文化苦旅》一書不少在學術上的無知和帶根本性的失誤，批評此書否定中國傳統文化的偉大成就并找出其原因，即是一篇近年少見的藝術批評力作。載有此文的此期刊物，上海書畫出版社門市部的庫存書也早告售罄。可見力作雖未宣傳、熱炒和獲獎，倒也「桃李不言，下自成蹊」矣。

原刊《上海藝術家》，1995 年第 5 期

「神出鬼沒」不是當今文藝界之怪現象

　　陶東風先生在 9 月 15 日《羊城晚報》上發表《神出鬼沒：當今文藝界之怪現象》一文，並迅即被光明日報集團所屬《文摘報》轉載，隨後又由光明網文化頻道轉載，頗受媒體的重視。此文首先批評：「近年來，一種新的文學類型——『玄幻文學』在各媒體、特別是網絡世界遍地開花。」必須指出：這個批評是情緒化的決斷，並非事實。各媒體、網絡世界分明百花齊放，無論言情、武俠，還是現實主義作品，無論是轉載還是新創，都有大量作品，都在遍地開花，絕非「玄幻文學」一花獨放地在遍地開花。

　　陶文指責「玄幻文學」的關鍵性的觀點是：「玄幻文學的作者和讀者的主力均為所謂『80 後』一代。這代人政治熱情冷漠、公共關懷缺失，沒有參與現實、改變現實的欲望和信心。他們的想像力不能指向對現實的批判。而只能指向虛擬的遊戲世界。因此，裝神弄鬼不僅是玄幻作家創造力得不到正常發揮的結果，同時也是價值世界混亂和顛倒的表徵。」這段言論有 3 個錯誤。首先，「價值世界混亂和顛倒」的「表徵」不是玄幻文學，玄幻文學的多數作品歌頌正義力量，批判邪惡，描寫正義戰勝邪惡，怎麼能說這些作品是「價值世界混亂和顛倒的表徵」呢？只有鼓吹為了一己私利而賣國、損害公眾利益，誨淫誨盜，或者片面強調個人的自由、個性開放或借著種種名義，甚或赤裸裸地歌頌婚外戀之類的作品，才是「價值世界混亂和顛倒的表徵」。第二，「這代人政治熱情冷漠、公共關懷缺失，沒有參與現實、改變現實的欲望和信心。他們的想像力不能指向對現實的批判」，不是文藝創作心理的問題，而屬於教育問題和社會問題範疇的重大問題，更不能由玄幻文學來承擔責任，兩者之間沒有必然的聯繫。更何況「80 後」這一代人也絕非都是如此，不能不分青紅皂白地

一網打盡。

第三，玄幻文學大得讀者歡迎和作者的喜歡，遠並非「80 後」一代的問題，而是從古到今，都是如此。古代「裝神弄鬼」的作品多得不勝枚舉，不僅志怪小說歷代流行，即以經典名著來說，小說中的《三國演義》、《水滸傳》、《紅樓夢》、《聊齋誌異》，戲曲中的以《牡丹亭》為代表的《臨川四夢》、《長生殿》等等，都有「裝神弄鬼」的內容。當代優秀作品，如獲 1995 年第三屆茅盾文學獎提名的二月河《雍正皇帝》，獲 1998 年第四屆茅盾文學獎的陳忠實《白鹿原》，獲 2001 年第五屆茅盾文學獎的阿來《塵埃落定》，2005 年第六屆茅盾獎作品《張居正》、《東藏記》及宗璞的其他作品也有大量的此類情節。近年其他著名作家如莫言的《檀香刑》、《生死疲勞》和賈平凹的《秦腔》等著名長篇小說也編織進「裝神弄鬼」包括占卜之類的神秘文化。以上例舉的多種作品都描寫神秘人物和事蹟，並賴此推動小說情節的發展，表現了豐富的藝術想像力。

再看世界各國，即以科學昌盛的東西方先進國家為例，從 1940 年代起，繼俄蘇的布爾加科夫的長篇小說《大師和瑪格麗特》和白銀時代的其他有關名作之後，拉美魔幻現實主義文學興起，衝擊和影響東西方文壇，成為一股時代潮流，至今猶然。如 1993 年獲得諾貝爾文學獎的美國黑人女作家莫里森的《寵兒》、1994 年得諾貝爾文學獎的大江健三郎於 1999 年發表的《空翻》、1998 年獲諾獎的葡萄牙若澤・薩拉馬戈《修道院紀事》、1999 年獲諾獎的德國君特・格拉斯《鐵皮鼓》和 2006 年獲獎的土耳其帕慕克《我的名字叫紅》和《新人生》等，以及當前風行世界的兒童文學名著和電影《哈利・波特》、《魔戒》三部曲（電影《指環王》），都是此類作品。

這些作品都是故事情節精彩或別致，人物個性鮮明，富有真情的作品，所以陶文將「玄幻文學」一概指責為「一個簡單的故事也講不清楚，一個感人的形象也塑造不出來，最最致命的是其中沒有真情只有鬼氣」的指責，就不攻自破了。任何形式的文藝作品都有優秀著作，也有拙劣作品，不能以偏概全，這是一個起碼的常識，我想陶東風先生也是熟知的，他只是為了行文的痛快和尖銳，一時忽略了而已。而這也是當今寫文章和論文、專著的人常見的一個通病，業已不足為奇了。

此外，由於中國文壇有「封建迷信」這個惡諡，有人常用這個惡諡將此類作品一棍子打死，所以以「裝神弄鬼」作為重要情節的《白鹿原》等小說的作

者都認拉美魔幻主義小說為洋祖宗，說是受了此類小說的影響，而無視中國古代神秘主義文藝作品和傳統神秘文化的悠久傳統。我在《神秘與浪漫——文學名著中的氣功與特異功能》（百花洲文藝出版社，1999 年）中指出，裝神弄鬼和描寫特異功能的作品，「魔幻」、「玄幻」不能概括其全部，可以規範為「神秘主義」的文藝流派和創作方法，中國自古有之，優秀作品眾多，而且從世界範圍看，東西方都是如此。其中作者和部分讀者都相信是真實的，可稱為「神秘現實主義」；大家都認為此類情節和人物是虛構的，現實生活中是不可能發生的，可稱為「神秘浪漫主義」。這個觀點，我在上海比較文學第八屆年會上做了大會發言，受到與會者的一致贊同，「中國比較文學（文貝）網」和「上海社聯」網等至今仍有報導，可惜當代不少學者治學浮躁，不看別人的研究成果。譬如拙著《中國小說史略・釋評》（上海文化出版社，2005 年）〔註 1〕已經批評了陶文類似的觀點，陶先生不妨去查查。

有趣的是，就在陶文發表 3 天之後，《光明日報》9 月 18 日「文化日記」說：「《走到人生邊上——自問自答》也關注了神和鬼的問題」，介紹九六高齡的文壇宿望楊絳先生的這部新作，其他各報也都在火熱報導這部大談神鬼靈魂的新書，可見「神出鬼沒」是文藝創作中的永恆的題材之一，永遠也不會冷落的，除了在極左政治干涉文藝創作，丟棄了「作家寫什麼，怎麼寫，由作家自己去決定」的正確原則的不正常的時代。

所以，「神出鬼沒」不是當今文藝界之怪現象，而是當今文藝創作自由的局面開始形成和文藝創作開始走向繁榮的一個表徵。

〔註 1〕此書已有升級版《中國小說史略彙編釋評》，上海書店出版社，2015 年。

加快國際文化交流中心建設

　　《新世紀　新步伐　2002～2007》以豐富翔實的資料，客觀記述了中共上海市第八次黨代會以來上海「四個中心」建設的歷史進程，全面反映了上海社會主義政治、經濟、文化、社會建設所取得的嶄新業績。本書不僅有助於全面瞭解和研究上海近五年的發展軌跡，而且有助於全體黨員和幹部群眾更好地在總結歷史的基礎上，認清形勢，肩負使命，開闢未來。

　　本文為其中的一個章節。

　　中華民族是一個擁有燦爛文化的文明古國和文化大國。中華的文學、戲曲、繪畫、書法、音樂、舞蹈和建築園林等，以其特有的東方神韻，閃耀著獨特奇妙的智慧和光芒，曾經長期取得領先於世界的偉大成果，歷來為世界所矚目。

　　自 20 世紀 90 年代至今，上海在引進世界各國優秀文化的同時，始終堅持文化交流的雙向性和互動性，努力弘揚民族文化，盡力把中華古老文化和當代中國文化的精華傳播到世界各地，讓世界更多地瞭解中國、瞭解上海。90 年代以來，上海對外文化傳播領域遍及戲劇、雜技、曲藝、美術、音樂、舞蹈、電影、電視等各個藝術門類；傳播的載體有展覽、演出、藝術交流等。進入新世紀後，隨著中國國力的進一步增強，中華文化正以令人炫目的速度，大步流星地登上國際文化舞臺。

　　在深化文化體制改革，加快推進文化事業發展，促進文化產業全面發展的同時，作為全國經濟、金融、航運中心的國際特大型城市，上海也正向著建設成國際文化交流中心城市的宏偉目標快速邁進。

一、當代上海對外文化交流戰略的定位

上海在進入改革開放的新時期之後，對上海在國內國際的文化地位作了有重大戰略意義的重新定位。上海作為國際化的對外文化交流中心的特大型城市，對外文化交流活動自 20 世紀 80 年代後期全面鋪開，至 90 年代日趨頻繁，邁出了堅定而踏實的步伐。上海在 20 世紀末，圍繞著努力將上海建成開放型、多功能、產業結構合理、科學技術先進、具有高度文明的社會主義現代化城市的宏大目標，市委、市政府相繼制定了與上海的城市定位相適應的文化發展戰略。市委明確提出上海文化發展的遠期戰略目標是在建設社會主義現代化的中心城市過程中，使上海成為一個具有國際影響的文化中心；近期戰略目標是「創造條件，使上海成為國內外文化交流的中心城市之一」。這個全新的準確定位，使上海文化走上了「海納百川，追求卓越」的康莊大道，上海的對外文化交流終於進人了新的時代。

自進入新世紀以來，尤其是 2002 年至今，上海對外文化交流喜獲豐碩的新果，同時進一步明確：堅持以國際藝術節為抓手，進一步加強對外文化交流，讓世界瞭解上海是我們當前面臨的重大任務。

二、當代文化交流取得新的突破

進入 21 世紀之後，上海在派遣文藝團體出國演出和引進國外文藝團體的演出和藝術精品展覽的數量和質量明顯上升的同時，繼續定期舉辦了上海國際茶文化節、上海之春國際音樂節、上海國際電影節、上海電視節、中國上海國際藝術節、上海美術雙年展等。這些大型涉外文化節慶活動比 20 世紀 90 年代取得了更大的成功，舒展了更大的影響，從而對進一步提升上海國際文化形象、建設國際性文化交流中城市發揮了重要作用。

由於電影歷來是國際文化交流的主體，故而舉辦國際電影節，直接體現了一座城市的文化交流能力。由國際製片人協會設立的，包括戛納國際電影節、柏林國際影節和威尼斯國際電影節在內競賽型非專門類電影節——A 級國際電影節，全界目前只有 12 個。1993 年 10 月舉辦的首屆上海國際電影節，是其中的第九個。上國際電影節的舉辦，增進了上海這座城市的國際文化交流能力。由於運籌充分，兩年一屆的上海國際電影節，近年來國際評委的知名度和學術層次不斷提高，基本體現了國際電影節應有的聲望。

上海各類國際性藝術節中，上海舉辦的惟一國家級藝術節——中國上海

國際藝術節，已經成為其中最著名、最有影響、最具國際文化品牌，與國際辦
節機制最接軌，國際參與程度最高，涵蓋藝術門類最多，演出交易最活躍，市
場輻射力最強的國際藝術節之一。目前，藝術節已經和世界上享有盛譽的愛丁
堡、阿德萊德、布拉格之春、墨爾本、新加坡等 30 多個藝術節建立了聯繫，
與 10 多家藝術節密切合作，並且與世界上 100 多家演出經紀公司和 50 多個
著名演出團體建立了直接聯繫。

　　在新舊世紀的交匯點上，上海還創造了更新、更具中國氣派的文化傳播形
式：「為中國喝彩」和「衛星雙向傳送音樂會」，並在近年不斷取得新的發展。

　　2002 年至今的 5 年中，上海對外文化交流碩果累累，尤其體現為引進項
目中開始出現一批世界一流的文藝團體的著名作品或經典作品，派出項目也
出現了藝術質量上乘、演出效果極佳的原創精品（如青春舞劇《野斑馬》）或極品
（如雜技芭蕾《天鵝湖》），從而取得了令人矚目的突破性的成績。

三、當代文化交流中的引進情況

　　2002 年度引進項目中，境外文藝團體來滬文化交流演出 126 批，3,390 人
次，演出共 330 場；境外樂隊在滬商業娛樂場所演出 259 批，1,156 人次；境
外攝製組在滬採訪、拍攝影視劇、短片 24 批，281 人次。東方明珠廣播電視
塔接待外國客人 20 多萬人次，其中外國元首、政府首腦 30 批，部長級貴賓
89 批，其他貴賓 658 批，來訪團隊 2,000 多批。上海大劇院邀請了來自 17 個
演出團體的 905 名演員，成功引進並上演了 21 場百老匯經典音樂劇《悲慘世
界》等。

　　2003 年的引進項目中，境外文藝團體來滬文化交流演出 146 批，4,672 人
次，演出共 395 場；境外樂隊在滬商業娛樂場所演出 223 批，2,047 人次；境
外攝製組在滬採訪、拍攝影視劇、短片 110 批，504 人次。全年共接待境外政
府代表團 41 批，211 人次，其中部長級代表團 7 批，34 人次。東方明珠塔共
接待了外賓 7 萬人次，外國元首、政府首腦 30 批，部長級貴賓 78 批，來訪團
隊 845 批。接待了捷克斯洛伐克總統、土耳其執政黨主席、摩爾多瓦總統、圭
亞那總統、科摩羅總統、印度總理、瓦努阿圖國總統、剛果（布）總統、愛爾
蘭總統、喀麥隆總統、塞爾維亞總理等外國政要。

　　在 2004 年的境外來滬項目中，演出 146 批（不包括娛樂場所的涉外演出）、展
覽 54 批、錄製和拍攝 110 批。其中，名團、名劇和名家的來訪就佔了一定比

例，如世界著名男高音波切利把中國首演放在上海大舞臺舉辦，百老匯音樂劇《貓》首次來國內演出，在上海大劇院連演 53 場，觀眾近 8 萬人次，愛爾蘭踢踏舞「大河之舞」以及美國流行歌星瑪莉亞等相繼來滬演出。元旦和春節以及國慶長假前後，分別有英國皇家愛樂樂團、奧地利維也納音樂家交響樂團、施特勞斯王朝樂團、美國國際芭蕾舞團、白俄羅斯國家大劇院芭蕾舞團、西班牙卡門莫塔舞蹈團、俄羅斯國家馬戲公司、美國核鯨薩克斯管樂隊等應邀來滬在上海大劇院、上海大舞臺、美琪大戲院和浦東世紀公園等場所演出。來訪藝術團體多具國際著名聲望，提高了上海引進藝術的層次。

2005 年文廣影視對外工作共完成項目數 666 批次、12,399 人次（未含娛樂業，下同），實現文廣影視對外服務貿易額 71,591,469 元人民幣（未含文化產品、版權貿易和娛樂業對外服務貿易額，下同）。其中，從國（境）外引進項目 451 批次、9,054 人次；向國（境）外派出項目 215 批、3,345 人次；接待 21 批次、137 人次的外國政府文化廣電代表團的來訪，含副總理級 1 批、16 人次，部長團 8 批、37 人次；進口額 54,919,448 元人民幣，出口額 16,672,021 元人民幣，貿易逆差 38,247,427 元人民幣。與 2004 年相比，完成項目總數增加 4.39%；對外服務貿易總額減少 25.66%，其中進口額銳減 38.99%，出口額增幅較大，增長 165.27%，說明進出口比明顯改善，從 2004 年的約 9：1 銳減為 3.3：1，大大低於 9：1 的全國平均水平；全面完成了「十五」計劃制定的文廣影視對外項目數和人次翻一番的預期指標。

與 2004 年相比，2005 年本市引進項目數增加 14.47%，達到 451 批次。在平均每天 1.23 批次的引進量中，名團、名劇和名家紛紛匯聚上海，如著名指揮家西蒙・拉特爾率領的德國柏林愛樂樂團、指揮家諾林頓與德國斯圖加特西南廣播交響樂團、指揮家鄭明勳與日本東京愛樂樂團、德國巴伐利亞國家芭蕾舞團、男高音歌唱家帕瓦洛蒂、卡雷拉斯和法國《印象派繪畫展》《奧地利新抽象繪畫展》等，一年之內相繼應邀來滬演出、展出，使上海市民享受到了世界一流的文化藝術成果。引進項目質量高、影響大，但引進成本下降，演展費引進支出減少 38.99%，項目經濟效益凸顯。

2006 年上半年，本市文廣影視對外工作共完成項目數 330 批次、4,691 人次，實現文廣影視對外服務貿易額 20,898,311 元人民幣。其中，從國（境）外引進項目 230 批次、3,519 人次；接待 14 批次、73 人次的外國政府文化廣電代表團的來訪，其中部長團 3 批、32 人次。2006 年上半年上海共從 35 個國家

和地區引進項目。儘管依舊保持了西方發達國家（以西歐與北美地區國家為主）的文化引進產品佔據半壁江山的形勢，但值得指出的是，來自俄羅斯的項目達 13 項，顯示出俄羅斯年在文化領域裏有較活躍的展現。

四、當代文化交流中的輸出情況

上海文藝產品的向外輸出，近年也更趨活躍，在藝術質量上更有突破性。

2002 年文化系統派出項目共計 356 批、2,849 人次。其中，文藝院團 99 批、2,061 人次，演出達 593 場次；廣播影視赴境外採訪、拍攝 50 批、192 人次；赴海外辦展 12 批、103 人次，出訪考察洽談業務 195 批、493 人次。

2002 年，上海文化廣播影視系統承擔了第 35 屆亞洲開發銀行理事會和中國總理朱鎔基在上海國際會議中心華夏廳會見俄羅斯總理卡西亞諾夫一行的接待任務；全力協助上海市申博辦組織，上海先後組織了民族樂團、交響樂團、歌舞團、歌劇院、京劇院、崑劇團和東方青春舞蹈團等本市眾多文藝團體到巴黎、漢堡等進行助威演出，尤其是上海歌舞團分別於 6 月下旬和 11 月中旬兩度赴法國演出，在巴黎香榭麗舍劇院演出了《金舞銀飾》，為上海申辦世博會起到了很好的宣傳作用；舉辦和承辦了國際音樂節、國際電影節和電視節；上海電視臺衛星電視頻道與日本 STV-JAPAN 株式會社簽訂了上海衛視落地日本合同書，上海衛視在日本正式落地並於 2002 年 1 月 1 日起在日本衛星電視頻道公開播出，這是全國省級電視臺中第一家進入日本的衛星頻道。

為了給江澤民主席訪美營造政治氛圍，上海歌舞團一行 41 人於 10 月，攜大型服飾舞蹈《金舞銀飾》在美國芝加哥、華盛頓、休斯敦、洛杉磯和舊金山五大城市巡演並取得圓滿成功。多次在西方文化大國取得轟動演出效應的《金舞銀飾》美國巡演，對江主席訪美是一種政治鋪墊，其政治意義非同尋常。

2002 年是中日邦交正常化 30 週年和中韓建交 10 週年。為配合國家開展的有關紀念活動，上海歌舞團與日本、韓國同行合作排練，分別在日本、韓國和上海同臺演出了由三國藝術家共同排練的舞蹈節目，為紀念活動增添了友誼與合作的色彩。上海衛視在日本長崎成功舉辦了「上海電視周」，擴大了紀念活動的影響，宣傳了上海。另外，上海京劇院一行 70 多人於 5 月赴日本巡演近 2 個月，演出場場爆滿，又一次讓廣大日本觀眾在中日邦交正常化 30 週年之際領略到了中華傳統文化的魅力。市戲劇家協會組團赴日參加「亞太戲劇節」、市工藝美術展演小組赴韓國參加「國際民間藝術節」和日本狂言劇團、

吉本新喜劇團及韓國巴洛克室內樂團等訪滬演出，豐富了文化紀念活動。

為慶祝泰國首都曼建都 250 週年，上海雜技團一行 59 人於 4 月 14 日至 6 月 1 日赴泰國巡迴演出，為促進泰中友好盡了一份力。

在影視劇合拍方面，上影集團分別與日本東映株式會社、美國米拉美公司、澳大利亞羅德秀製作公司、香港澤動電影有限公司合作完成了《軍火》《佐爾格》《奇襲戰俘營》《天下無雙》四部合（協）拍片。

2003 年文廣影視派出項目 313 批、2,147 人次。因「非典」的影響，項目數量、人次與 2002 年相比略有下降。其中，出訪演出 83 批、1,366 人次，境外演出達 800 多場次。出訪項目中大項目、有影響的項目有大型原創舞劇《野斑馬》、綜藝雜技舞臺劇《太極時空》等。

2003 年上海東方衛視（原上海衛視）與香港電視廣播（國際）有限公司（TVBI）合作，成功實現了在澳大利亞落地播出。這是目前除中央電視臺四套節目以外，中國大陸惟一一家在澳大利亞成功播出的電視媒體。

上影集團 2003 年選送了《天下無雙》《假裝沒感覺》《紫蝴蝶》《父親》等 10 部故事片和《九色鹿》《雪狐》等 19 部動畫片參加了美國、德國、法國、意大利、埃及、日本、韓國等國家和我國臺灣、香港地區舉辦的 22 個電影節電影展。其中合拍故事片《紫蝴蝶》參加了法國戛納電影節，故事片《父親》參加了埃及開羅國際電影節，合拍片《最初的愛，最後的愛》參加了東京國際電影節。上影集團年輕導演梁山的作品《父親》在 10 月舉行的開羅國際電影節上一舉獲得了最佳導演獎和最佳男演員獎兩項大獎。

2004 年是中法互辦文化年，這是中法兩國外交關係史上的一件大事。上海參與中國文化年的三大主體項目，承擔在法國的里爾「上海一條街」項目、馬賽「上海周」項目和巴黎「上海周」項目。此外先後圓滿完成了國際文化政策論壇第七屆部長年會、「阿拉木圖文化周」、中愛互辦文化節上海系列活動、「中華文化非洲行」演出和赴美為中國大使館國慶 55 週年慶典演出 6 個國家級和本市重大對外文化交流項目。在這一年中，毛里求斯總統、科摩羅總統、馬達加斯加參議長、法國參議院副議長、美國國會議員、愛爾蘭文化部秘書長、塞舌爾文化旅遊部長等各國政要、官員親臨現場出席了上海的相關文藝活動，海外華人、華僑更是積極參與，《紐約時報》《華盛頓郵報》、法國電視臺等海外主流媒體也紛紛給予了積極報導。

2005 年，本市文廣影視行業共向國（境）外派出項目 215 批、3,345 人次，

出口貿易額增加 165.27%，說明派出項目規模大幅度提高，結構明顯改善，效益大幅提升。民間的、商業性的出訪項目影響越來越大，紛紛在國際上獲得大獎，成績斐然。如上海京劇院《王子復仇記》赴丹麥和舞劇《霸王別姬》赴日本等重大文化派出項目，在取得經濟效益的同時，發揮了很好的文化外交和文化外宣作用；上海音樂學院的孫穎迪摘取第七屆李斯特國際鋼琴大賽桂冠，上海電影集團演員劇團的青年演員何琳憑藉在《為奴隸的母親》一片中出色的演技榮獲第三十三屆國際艾美獎最佳女演員獎，上海雜技團雜技《抖槓》《單手頂》在第十三屆法國瑪希國際馬戲節中獲得最高獎「共和國總統獎」等。

上海 4 臺劇目還成功地被選入 2005～2006 年的國家文化產品出口指導目錄，在總共只有 18 個入選項目中，上海就佔了全國總數的 22%，分別是 2005 年度的舞劇《霸王別姬》和 2006 年度的舞劇《野斑馬》、雜技芭蕾《天鵝湖》及大型工夫劇《少林魂》。尤其是青春舞劇《野斑馬》和雜技芭蕾《天鵝湖》，其高度的演出水準、動人的藝術魅力和轟動的演出效果，為上海文化走向和走紅世界，作出了很大的貢獻。

2006 年並向 25 個國家和地區派出項目。向國（境）外派出項目 100 批、1,172 人次；2006 年上半年的政府大型交流項目異彩紛呈：繼在英國和澳大利亞分別舉辦「上海電影周」之後，又在上海相繼舉辦了「希臘電影周」和「菲律賓電影節」；上海文廣局組織長寧區滬劇團赴愛爾蘭、法國友好交流演出，上海城市舞蹈公司、演藝總公司等赴香港參加「中國（香港）國際舞臺藝術展示會」，俄羅斯聖彼得堡周的相關文藝演出活動，以及上海合作組織成員國第二屆藝術節活動。

上海的文化交流在與前相比較取得了令人矚目的成績的同時，也尚有很大的不足，主要是文化產品引進和輸出存在著很大的逆差：以 2006 年上半年為例，文化產品的進口額為 17,471,970 元人民幣，出口額為 3,426,341 元人民幣，貿易逆差為 14,045,629 元人民幣。這就需要上海作出更大的努力，做大做強做好文化藝術原創產品及其出口貿易，為將上海建設成世界一流的文化城市和中國文化的發展作出自己應有的貢獻。具體措施為：

一是進一步開展包括舞蹈、雜技、戲曲、音樂等藝術門類的各類藝術院團的對外藝術交流、演出活動，努力弘揚民族文化，並通過日趨成熟的市場化、商業化運作，呈現出日益頻繁的交流態勢，使一批體現中國氣派、中華藝術神韻的藝術精品生動活潑地走向了世界。二是加強文物、博物、圖書、出版業的

對外交流力度。三是積極參與各類國際性藝術賽事，在世界藝術殿堂爭得一席之地。四是打造傳送中國文化的著名平臺──大型綜合文藝節目「為中國喝彩」和「衛星雙向傳送音樂會」，力圖讓世界更好更全面地瞭解上海。

上海是一個文化歷史悠久、多元文化匯聚的文化名城，不僅有著海納百川的文化胸懷，還有著與國際接軌的文化理念；不僅有良好的文化環境，還有著日趨成熟的文化市場；不僅有一流的文化設施，還有出色的文化運作程序，更有一流的文化受眾。世界各國的文化，都將在「海納百川，追求卓越」的上海得到最佳的展示，都將在上海找到各自的最佳知音。

在這樣的基礎上，我們完全有信心和條件，在 21 世紀前期全力把上海打造成國際性文化交流中心。

上海作為國際性的文化交流中心，將卓有成效地將上海的文化產品推向世界，並通過上海將全國的優秀文化產品推向世界；將世界的優秀文化產品引入上海，並通過上海將世界的優秀文化產品引入中國。上海將成為世界上聲譽卓著、影響巨大的國際性文化交流中心，並將為建立聲譽卓著、影響巨大的國際性文化中心之一而打下堅實的基礎。（中共上海市委宣傳部、楊森耀、周錫山、貝兆健）（周錫山執筆）

原刊《新世紀　新步伐　2002～2007》，上海人民出版社，2007 年

拓展上海文藝評論的「大舞臺」
——上海文藝評論的整合和發展芻議

　　上海文藝評論的目前情況是上海文聯的組織和發展工作做得最快、最成功。上海文聯所屬的兩家刊物，在上海文藝評論方面，起了很好的帶頭作用。《上海采風》近年的內容，注重於文化藝術專題討論、文化熱點的討論和評論，人物傳記與評論結合的名家風采回憶和記錄、名家和新作的研討會發言薈萃等，成為涵蓋上海所有文藝門類的優秀評論刊物。建議根據名至實歸的原則，《上海采風》應該改名。《上海戲劇》作為戲劇專業評論專刊，發揚歷史的優秀傳統，堅持人物和作品的介紹和評論結合，以評論為主的組稿理念，很有影響。戲劇曾經是中國和上海文藝門類中影響最大、觀眾最多的一個門類，現在還是一個大的藝術門類，因此有這麼一個專業雜誌，非常有必要，繼續辦好更為必要。

　　上海文聯的文學院組織編寫「海上談藝錄」，推出上海文藝百位名家系列性的頗有藝術品位、學術品位的評論性傳記，在全國起了示範性的作用，必將產出重大而深遠的影響。這為今後再組織編寫規模更為宏大的「海上百年談藝錄」，總結更為眾多的已故 20 世紀上海藝術大師的創作成就和經驗，積累了經驗和基礎。這裡有兩個工作要做：一、「海上談藝錄」已出諸本，要重點突出在藝術創作經驗和成就總結得好的，贈送給上海全市中青年藝術骨幹，提供他們閱讀、學習。二、及早發動已故藝術大師的學生、後裔，提供回憶資料，也可吸收、組織文科高校的實習生，作資料挖掘工作。如果不及時開始進行此項工作，其學生、後裔也已年邁，會失去搶救的機會。例如豐子愷的子女已經

只剩最小的年邁女兒。由於豐子愷已有多種藝術傳記和評論著作,畫家因為市場效應和美術高校理論專業師生的努力,傳記和評論著作頗多,而其他專業的例如戲劇、曲藝、電影、音樂等,則急需盡快開始搶救資料工作。

上海文聯各協會的內部刊物,如《劇協通訊》《曲協通訊》等,可以擴大一些版面,刊登一些評論文章,以形成一種評論的風氣。我看到過的 1980 年代末年至 90 年代初的《上海曲藝通訊》就是這樣做的,當時還出過藝術家討論會的特刊。

除了上海文聯的文藝評論刊物,還有上海藝術研究所的《上海藝術家》。由於經濟壓力和當時該所負責人高春明不懂專業並缺乏事業心等原因,約自十年前起,此刊從原本評論上海文藝的刊物,轉變成為專門介紹美術並給不出名的畫家買版面作宣傳的刊物。上海沒有曲藝、電影、音樂、美術等專業的評論刊物,根據目前的創作情況也沒有必要每個專業都設立公開發行的評論刊物。照理《上海藝術家》作為藝術研究機構的刊物,應該起到理論性較強的評論上海各文藝門類的作用。上海藝術研究所應該成為研究和評論上海文藝的學術重鎮,各省市都重視這個機構並都已擴建為藝術研究院,只有上海,在1990 年代啟動最早,現在卻甘居人後,並繼續被主管部門規定為文廣局作應用型調研、考察為主,對上海文藝評論也無序、無計劃的不倫不類機構。文廣局此類工作應該由局機關的文書人員承擔,即使由藝術研究所承擔,也應該基礎科研與應用科研並重的形式協調,由基礎科學研究帶動和指導應用科研的前提下,有序進行。上海藝術研究院應該組織起一支科研力量承擔國家藝術科學的規劃項目、重點甚或重大項目;其基礎性的研究,應與上海的高校起著互補的作用,並走在全國的前列;有些項目的研究應該處於全國領先的地位。上海藝術研究院可以和高校的有關專業、上海文聯文學院和研究室合作、協調,強強聯合,做一些有重大影響的評論項目,譬如觀眾歡迎的當今歷史題材文藝作品宏觀研究和評論等等。

建議上海市委宣傳部在群眾路線學習和實踐的活動中,應該對上海的文藝研究和評論機構,文藝評論刊物和報刊的文藝評論專版,要做一個全面而深入的調研,然後協調、整合和最大程度地發揮現存報刊資源的作用。(說明:本文關於上海藝術研究所刊物的建議已經實現,2015 年,《上海藝術家》改名《上海藝術評論》)

原刊《文學報》,2013 年 11 月 4 日,《上海采風》,2013 年第 6 期

後　記

　　我是中國改革開放後，1978 年首次國家公開招收研究生的首批考生，本可錄取華東師範大學古籍研究所研究生（唐宋文史研究方向），因中學教師是緊缺人才，學校不予放行。

　　1979 年，因華東師大古籍研究所不招生，我在該所首屆研究生主考導師葉百豐先生、俄國文學權威翻譯家、研究家李毓珍（余振）教授（由我在上海市新光中學同事方曉芬老師的丈夫的介紹而認識）和華東師範大學教育系李楚材教授（我在上海市新光中學英語教研組的女同事李健吉老師的父親，按其姐為著名德國戲劇研究家和劇作家李健鳴）推薦下，改考華東師範大學中文系以徐中玉師為導師、陳謙豫師為副導師的中國古代文藝理論專業。（後來教育部規定將這個專業統稱為中國文學批評史專業。）那一年上海市高等教育局和上海市教育局商議決定，中學教師報考研究生，考試成績必須超過最低錄取分（5 門總分 300 分）50 分，才可以錄取，學校必須放行。我的成績是 383 分，於是得以順利入學。入學後被指定為中文系研究生二班班長、又被推選為文科研究生英語班班長。

　　徐中玉師認為，人才的培養主要靠自學。我是標準的自學生，未讀過大學，家長沒有文化，全靠自己在文革中自學大學中文、歷史、哲學和英語的本科教材，打下深造的基礎。

　　我們入學後，研究生一年級第一學期，中玉師每週開課一次，每次授課兩教時，講授本學科的研究目標、收集資料和做資料卡片的方法；接著每次講解一位名家或一部名作：鍾嶸《詩品》、陸機《文賦》、劉勰《文心雕龍》、司空圖《二十四詩品》、嚴羽《滄浪詩話》、葉燮《原詩》和劉熙載《藝概》等。

　　第二學期隨中國文學批評史全國骨幹教師訓練班（簡稱師訓班，〔註 1〕郭紹虞為名譽班主任，徐中玉為班主任）一起，每週聽來自全國的名家講座一次，我們研究生在中玉師家討論一次。（每次由一個同學負責談一個古代名家的學習體會，大家討論）

　　我作為本專業的研究生班長，負責導師與本專業研究生以及師訓班的聯絡工作，講座開始前發放資料，收、發作業等。

　　第二學年兩個學期，五名研究生分工通讀自先秦至清末所有著名美學家（文論家）、文學家的文集，將其美學觀點和論述，摘錄出來，為編撰中國古代文藝理論資料彙編而抄錄分類卡片。第三學年第一學期，我們有四個月的時間撰寫學位論文，中玉師審閱後，在第二學期的頭兩個月修改、定稿。

　　此因徐中玉師在我們就讀研究生之前申請到國家六五社科重點項目「中國古代文藝理論研究」，這個項目的前期成果是編纂分類資料全集，然後分題論述，撰寫專著。中玉師說，復旦大學中文系郭紹虞和王雲熙、顧易生以研究「史」為主，我們以研究「論」為主。

　　由於工作量大，徐中玉師原擬招收 8 名研究生（一般導師只能招收 2～3 名），因考題難度高，只錄取 3 名，又從施蟄存先生的唐代文學專業，調劑來 2 名。我們 5 人要做 8 人的工作量，任務是很艱巨的。於是中玉師特地關照，大家一心抄資料、做卡片，不要寫論文。

　　研究生三年級上半學期依舊讀書、摘錄資料、抄卡片。下班學期到下學期開首，共 4 個月時間，給我們撰寫畢業論文。

　　我們寫學位論文的時間也只有 4 個月。而且其他同學都是自選項目，只有我，中玉師指定我寫王漁洋的神韻說研究，在當時是頗難的、有挑戰性的題目。（我的碩士學位論文《論王士禎的詩論與神韻說》作為重點文章，全文發表於《中國古典文學論叢》第六輯，人民文學出版社，1987 年出版。）

　　1980 年，王智量（筆名智量）師調入華東師範大學中文系，在外國文學教研室任教。他在繼續從事外國文學翻譯和研究的同時，準備從事新興的比較文學專業。他問我，你畢業後跟我做比較文學研究好嗎？智量師既然盛情邀約，我當然馬上同意。他就向我的導師、中文系主任徐中玉師提出了這個請求，徐中玉師非常高興地同意了。我在研究生一年級就已決定留校，並改行，這在全國

〔註 1〕　當時全國高校共有三個師訓班，另兩個是北京大學朱光潛負責的西方美學師
　　　　訓班、中山大學王季思負責的古典戲曲師訓班。華東師大的古代文論師訓班
　　　　由郭紹虞、徐中玉負責。培訓時間是一個學期。

來說是唯一的了。因此 1982 年我畢業時，據施蟄存先生告訴舍妹，我留校的職務，是外國文學教研室的教師。

我們在研究生二年級時，1980 年 11 月，中玉師帶領我們出席中國古代文學理論學會與武漢大學聯合舉辦的第二屆年會。第一屆年會，是中國古代文學理論學會的成立不久，1979 年在雲南大學舉辦，出席的都是古代文學研究的名家和文革前畢業已在高校任教的中青年教師。第二屆開始，文革後進入專業學習的研究生也出席了大會，共 10 人：華東師大徐中玉和陳謙豫指導的黃珅、侯毓信、王思焜、陸海明、周錫山，武漢大學王文生指導的劉良明、程亞林、喬維德，蘇州大學（當時稱江蘇師範學院）錢仲聯和徐永端指導的王英志、陳少松。全體研究生作為旁聽者出席會議。在會議休息時，師訓班學員、當時作為華東師大徐中玉師進修教師的吉林大學王汝梅先生，介紹我與湖北大學張國光副教授相識。

1981 年 10 月，我讀研究生三年級上學期，剛要開始準備寫學位論文，張國光先生發來 1981 年 11 月舉辦的全國首屆《水滸》研討會的邀請信。那時學術會議非常珍貴，一般中青年教師很少有機會受邀開會，何況在讀的研究生，得到全國會議的邀請信，簡直是一個奇蹟。我拿到邀請信，就去向中玉師請假赴會。《水滸》研究與我的中國古代文論專業無關，而且我們撰寫畢業論文的時間非常緊張（初稿寫作時間共 4 個月），中玉師還是批准我赴會，並給我報銷差旅費。我從比較文學的角度撰寫了 2 篇論文，《論〈水滸傳〉在中國和世界文學史上的地位和意義》和《〈水滸傳〉和〈艾文赫〉》，並請中玉師、趙景深師、譚正璧先生寫了給大會的祝賀信而赴會。會後，張國光先生說，你的兩篇文章，自己選一篇，給你在大會論文集發表。我選了《〈水滸傳〉和〈艾文赫〉》。

研三下學期在香港《文匯報》（1982 年 3 月 17 日）發表《世界上最早的長篇小說》，否定中國學術界認為《源氏物語》是世界上最早的長篇小說的觀點，梳理世界各國最早長篇小說的發展史，提出新的觀點（文章已收入《中國文學與世界論集》，花木蘭文化事業有限公司，2023 年版）。接著在畢業前夕，在《名作欣賞》1982 年第 3 期，發表英國名劇的譯文和藝術評論文章（皆已收入《中國文學與世界論集》）。

我在上海市莘莊中學的一位 1966 屆學生朱霏霏畢業後在工廠銷售科工作，她提出可以幫我複印資料（當時 4A 紙複印費 5 角一頁），於是我請她複印王國維著作的線裝書（約四、五百頁，複印費為大學畢業生的半年工資），我在上面校點，所以就能順利完成《王國維文學美學論著集》書稿。接著我彙編《金聖歎全

集》，數量太大，我不好意思再請她複印。

《王國維文學美學論著集》彙編了王國維文學、美學的所有著作，是在1980年下半年完成的。教育部（委託華東師大舉辦）中國文論師訓班學員吉林大學王汝梅教授，在師訓班結束後，再延長一學期，做中玉師的進修生。他主動提出，為我請他的鄰居——吉林大學歷史系權威教授、羅振玉的孫子、王國維的親戚羅繼祖先生寫序（羅繼祖教授將他保管的大批王國維和羅繼祖的來往信件提供給華東師大歷史系，由袁英光等人編成《王國維全集·書信集》，中華書局，1984年出版）。1981年寒假，王汝梅先生回長春時，將書稿帶去，請羅先生作序。羅先生很快就在1982年初寄來了小楷書寫的序言。

我在畢業前已有比較文學專業的4篇論文（3篇已發表）、1篇譯文，一本書（《王國維文學美學論著集》），我想畢業後就可進入比較文學的專業了，否則我給學生講課，他們是不服帖的，同行也是看不起的。

中玉師命我們在讀研期間，不要寫論文，一心做卡片，結果我編了兩部書（《金聖歎全集》和《王國維文學美學論著集》），發表了3篇文章和一篇譯文，又提交了《水滸傳》的研究文章2篇。中玉師寬容地容忍我，器量宏闊。

但畢業時，我的留校名額被「有力者」替代，我竟然未能留校，非常沮喪。這時唐代文學施蟄存的研究生同學李宗為對我說，錫山兄，你沒有留校沒有關係，隨便什麼單位你放心去報到。我的姑父趙景深教授，即將公開招收博士生。同學中你的人品最好，水平最高，能力最強，我會極力推薦你，而且培養你做學術接班人。他的過譽，我知道是安慰我，但他極力推薦我報考讀博，我感到是一個出路。我們頭兩屆研究生，照理不需讀博，有的外地生想留上海，或其他原因，才讀博。

我得到趙景深先生和趙師母的極度認可。景深師因嚴重白內障而喪失視力，在考試前，就委託我代他審稿、起草文稿和信件等，還委託我代他修訂其名著《元明南戲考略》（此書於1991年出版時，人民文學出版社特在書前專印一頁，向我表示感謝）；並決定在我考試通過入學後，由我執筆，兩人聯名撰寫和出版《中國戲曲史》（4冊4編40章140萬字；我撰寫的全書目錄，經他親筆修改；2021年我將目錄複印件和景深師生前贈我的1950年代筆記多冊、書籍等，捐獻給復旦大學圖書館，以支持2022年復旦大學圖書館趙景深誕辰120週年紀念的趙景深捐獻的藏書展）。我因故未獲准報考，景深師決定到文化部所屬上海戲劇學院兼職，創立博士點招我入學。他委託其內姪女（李小峰之女）、《新民晚報》著名文藝記者李葵南（後連任三屆全國人大代表）

與上海戲劇學院陳恭敏院長和戲文系主任陳多教授聯繫，願意聘他們兩位為副導師，在該校創立博士點。後因景深師特發事故而病逝，此事和《中國戲曲史》寫作計劃都不了了之。

筆者在我提交《文匯讀書週報》和華東師大中文系《我們的八十年代：華東師範大學中文系校友回憶錄》（華東師範大學出版社，2022年）約稿的拙文《器量宏闊的領路良師——追憶業師徐中玉先生》中都有介紹，茲不贅述。

在1978年和1979年，我國舉行第一、第二屆最難考的研究生入學考試（因20年積壓的人才剛獲得考研的機會），我這個沒有進過大學、出生於沒有文化的窮苦家庭、文革中全靠自學的中學生兩次以比較好的成績錄取985高校由一流名師指導的領先於國內外的著名專業的研究生，這在全國研究生教育史上可以說是獨一無二的。

自1978年到1980年，我從古籍整理研究（唐宋文史研究方向）轉到中國古代文論（重點在明清兩代，包括近代），又轉到比較文學和世界文學專業，3年換了3個專業。這在全國研究生教育史上也可以說是獨一無二的。

在研究生階段，我就獨力編著兩部經典名家的全集，後來都能出版，而且是影響很大的名著，甚至獲得全國性的獎項，被譽為建國40年古籍整理研究標誌性的成果，這在全國研究生教育史上更可以說是獨一無二的。其中《王國維文學美學論著集》還是我當時從事的古籍整理研究、古代文論研究和比較文學研究三個專業結合的重大成果，其前言還糾正了中國當時王國維研究的局勢。

研究生剛畢業，我報考趙景深的博士而立即從事第四個專業，即中國古典戲曲研究專業，並於一九八四年在華東師範大學開設專業選修課「中國戲曲史」，這在全國研究生教育史上可說是獨一無二的。

1986年，徐中玉師親自推薦我報考復旦大學朱東潤教授（1896～1988）的傳記文學博士生。這個專業橫跨文史兩個專業，兼之朱先生是英國留學生，對考生外語要求高，所以他每次招考，皆無人報名。這是他90周歲時最後一次招生，我也是他的博士點招生史上唯一報考他指導的專業的考生，因此他特別重視（教育部當時規定，如連續幾年不招生，就取消博士點）。他已預邀顧易生和陳雲吉兩位教授擔任副導師（他們於1987年批准為第二批博導），委派他們教我古代文論和佛教文學專業課。但是報名後，復旦大學招生辦說我年齡超過，取消考試資格。

儘管如此，我決不辜負趙景深、朱東潤兩位恩師的信任和期望（當時上海高校文學專業只有5位博導），於是我又從事第四個專業——中國古代戲曲和小說研

究,第五個專業——中國古代歷史和傳記文學研究。我發表了多篇論文,出版了多種著作,以報答師恩;而比較文學的論著,也常從戲曲、小說角度撰寫。

我在古代美學、文論研究方面,得到眾多師友的熱忱幫助。除王汝梅、張國光先生外,另如葛渭君兄於 1982 年初請浙江新華書店的朋友將《王國維文學美學論著集》推薦到浙江人民出版社,一年後遭到署名蕭欣橋的編輯的退稿;地理系研究生同學于洪俊推薦到他畢業後任職的安徽人民出版社,半年後又遭署名王某的編輯的退稿。于兄說,現在的一般行情是,有不少責任編輯,你要送一半稿費給他,才能出版。而我在退稿前,連責編是誰也不知道。此後毛時安師弟將此稿推薦給山西人民出版社,後由該社文學編輯室獨立出來的北嶽文藝出版社出版。1981 年我又編訂《金聖歎全集》的目錄,考定其著作的真偽,先後由本系同學、現代文學專業的研究生柯平憑和地理系的研究生于洪俊先後推薦給安徽人民出版社曾石鈴等,兩次遭到拒絕;于洪俊兄將此事報告安徽省出版局常務副局長黎洪先生,黎局特批接受我的《金聖歎全集》《王國維文學美學論著集》兩個選題。半年後他離休了,責編王某就一起退稿。

1986 年吳文祺(1901～1991)〔註 2〕教授,因我在華東師大文科研究生英語班同學、歷史系研究生於醒民請其在上海社會科學院歷史研究所的同事、吳文祺的公子吳健禧先生向其父推薦;吳文祺教授為推薦我入復旦大學中文系工作而約見我,我去他長陽路府上拜謁並受到熱誠接待。我談及即將出版拙編《王國維文學美學論著集》,他即指導我,應該收入《教育世界》王國維未署名的諸多文章。

又如我出席 1987 年「首屆王國維國際研討會」時,我宣讀論文後,會議一結束,陝西師範大學教授黃永年先生(1925～2007)就喊住我,親熱地用右手摟住我的肩膀說,你跟我到我的房間來,我與你聊聊。他和我親切交談,瞭解我研究王國維的情況,並建議,你可以寫一篇文章談談王國維詩詞創作和他的理論的矛盾。我與黃先生素昧平生,承他親切關懷和熱情指點,非常感激,至今對這位學究天人的大學者不敢忘懷。

今因花木蘭文化事業有限公司慨允而出版本書,特致謝忱!

周錫山

2023 年 3 月於上海

〔註 2〕吳文祺(1901～1991),浙江海寧人。復旦大學教授、中國社會科學院語言研究所學生委員會委員、上海首批社科大師。時任上海市政協副主席。